Livløs

Line Østergaard

Livløs

...

Det sker kun for naboen

Men er du ikke nogens nabo?

Forlag: Books on Demand
GmbH,København, Danmark

Tryk: Books on Demand GmbH,
Norderstedt, Tyskland

ISBN: 978-87-4302-906-9

Indhold

I

Kufferten I

...

Det er gråt udenfor. Det støvregner. Gennem de gamle, lydte vægge kan jeg høre en ambulance nærme sig. To ambulancer, én konstant skinger udrykningslyd. Et fly svæver på himlen over den gule murestensbygning. Den bygning jeg sidder i. Eller måske det er en helikopter. Jeg ved det ikke, men det siger en rungende lyd.

Det er mandag, klokken er elleve om formiddagen, og i morges blev en kuffert med legemligt indhold fundet i Furesøen af det politi, jeg havde kontaktet.

Jeg burde sidde på redaktionen lige nu, men mit hoved hamrer løs efter nattens tumult. Jeg har svært ved at forstå, hvad der helt præcist skete i nat. Mine fingeraftryk vil uden tvivl afsløre en forbrydelse, jeg ikke har begået. Ud over min nøgne krop, bærer jeg en cremehvid morgenkåbe og på fødderne et par velourfutter. Jeg venter blot på, at min hoveddør bliver sparket op, og en stemme der siger; "klokken er 11.30 og du er anholdt for mordet på Birgitte Holt."

"DUNK, DUNK, DUNK!" Jeg sætter mig op i sengen med et sæt. Jeg kan i spejlet ved siden af mig se, mit lange lyse hår stå ud til alle sider. Min mascara er tværet ud i mit ansigt, og min ånde skriger langt væk af død og ødelæggelse.

"DUNK, DUNK!" lyder det igen ude fra entreen.

"Slap af, jeg kommer nu." Jeg glider ned i mine velourhjemmesko og får mig boslet ud til hoveddøren. Jeg når knap nok at åbne den, før Marianne vader ind i entreen med sine beskidte støvler.

"Hva? Er du ikke stået op endnu?" Hun kigger på sit armbåndsur.

"Klokken er to."

"Er den det? Jamen så kunne det da godt være, jeg skulle komme i noget tøj."

"God ide."

Da jeg kommer ud fra soveværelset, har Marianne sat sig godt tilrette i sofaen. Hun sidder med en sort kop kaffe i hånden.

"Hvad lavede du i går?" Hun kigger spørgende på mig og forventer helt bestemt et episk svar.

"Ingenting." Der er stille i flere sekunder.

"Hvad laver du overhovedet her, Marianne? Mangler du penge?"

Hun kigger ikke på mig. Kører bare skeen rundt i sin kaffe, så sukkeret fra bunden blandes rundt i væsken.

"Er det noget med Lukas?" Hun slipper skeen, så kaffen, der førhen agerede som en tornado, nu ligger stille i koppen.

"Milla, jeg har brug for din hjælp. Jeg har alvorligt brug for din hjælp. Jeg vil have Birgitte Holt anholdt for at stalke mig. Hun er alle steder. Uanset hvor fanden jeg kigger hen, så står hun der." Hun lyder, som om hun mener det. Hun lyder oprigtig talt til at være rædselsslagen.

"Hvad vil du da have mig til at gøre?"

Marianne smiler lettet til mig, som om hun ikke havde regnet med min hjælp.

"Du ved godt, hvordan politiet reagerer, når de ser mig, så jeg kan ikke selv klare det her. Jeg har igennem de sidste måneder skaffet en masse beviser. Billeder, mails, sms'er, genstande hun har efterladt. Jeg har det hele samlet i en kuffert derhjemme. Det eneste du skal gøre Milla er at placere kufferten på stranden ved Furesøbad, ringe til politiet, og få dem derud og så forlade stedet igen. Så står jeg der, når de ankommer, klar til at forklare det hele."

"Hvorfor har du brug for min hjælp til det?"

"Fordi politiet aldrig ville bruge ressourcer på at sende folk ud, hvis det er mig der ringer".

"Jamen hvad skal jeg sige til dem, når jeg ringer?"

"Fortæl dem, at du har fundet et lig på stranden eller sådan noget. Det må sku da kunne få dem til at reagere." Hun fniser ironisk.

Jeg læner mig tilbage i stolen og strækker armene op over hovedet, mens jeg sukker dybt.

"Fint. Men jeg vil være anonym. Jeg gider ikke blandes ind i dit lort mere Marianne, forstår du det?"

"Du er fandme en guttermand. Jeg stiller kufferten ved det magiske træ på Holte station, og så lad vær at åbne den, hvis du vil være anonym.

Hun lyder alvorlig, men jeg magter ikke sætte flere spørgsmålstegn ved hendes vanvittige ideer. Det her bliver den sidste gang.

"Mor siger, jeg har tabt mig, kan du også se det?" Vi står ude i entreen, hvor Marianne er på vej i sine kraftige UGG støvler.

"Det har jeg ikke lige tænkt over…" jeg når knap nok at svare hende, før hun griber fat i min hånd og lægger den på hendes arm.

"Føles den tynd?" Hun kigger desperat på mig.

"Nej, du føles normal."

"Tag nu ordentlig fat Milla." Hun bliver pludselig voldsom og gnider min hånd rundt på hele hendes arm, ind under trøjen på hendes mave og op i hele hendes ansigt.

"Hvad fanden har du gang i?" jeg trækker hånden til mig.

"Du ser fin ud, Marianne. Slap nu af."

Hun rømmer sig og kigger flovt på mig.

"Undskyld".

Marianne og jeg har aldrig været specielt tætte. Om det skyldes aldersforskellen eller vores stik modsatte personligheder, det ved jeg ikke. Jeg tror aldrig, jeg har sagt, jeg elsker hende.

Jeg sidder alene i lejligheden. Den eneste lyd, der er at høre, er bilerne på vejen på den anden side af vinduet. Jeg har tændt radioen. Radio100 kører. Jeg elsker den radiokanal. Den minder mig om dengang jeg boede hjemme. Dengang Marianne ikke var gammel nok til at vide, hvad alkohol eller stoffer var. Dengang vi dansede til 'de første kæreste på månen' sammen med far. Dengang vi stadig elskede Marianne.

Solen bryder frem fra den ellers skytildækkede himmel. Jeg lukker øjnene og bevæger mit ansigt direkte mod solen. Jeg forestiller mig, at mine brune øjne bliver krystalklare under mine øjenlåg. Jeg tror, lyset fremhæver den grønne del i min regnbuehinde. Efter i aften giver jeg slip. Det er tid til, at mit liv skal prioriteres.

Det har været mørkt i et par timer efterhånden. Klokken er 21. Det er marts. Mørkt, koldt, diset, vådt, sumpet. Dystert. Fortovet der fører til Virum station kunne ligeså godt være en scene i en krimifilm. Det skulle ikke komme bag på mig, hvis der om lidt, ville løbe en sortklædt mand ud fra skoven og slå mig ned bagfra, for bagefter at ødelægge mit liv for evigt. Bare fordi han kedede sig denne søndag aften i marts. "Tog til Holte kører fra spor 1 om 2 minutter". Vi voksede begge to op i et vidunderligt kvarter, på en tryg villavej ud til Furesøen. Vi manglede intet, men en dag gik alting galt – nemlig den dag Molly faldt ned af trappen i entreen. Jeg glemmer aldrig Mariannes ansigtsudtryk. Fra det sekund af, troede jeg aldrig, hun ville tilgive mig igen.

"Du har dræbt Molly, Milla!" Jeg havde den eftermiddag forslået at lege fangeleg. Det var ellers ikke tit, jeg gad lege sådanne barnlige lege med dem. Men lige præcis den dag, efter at Kirsten havde været og gøre rent, valgte jeg at være en deltagende storesøster. Jeg kunne have valgt 6 andre dage på ugen, men det skulle absolut lige være den onsdag klokken 14, hvor gulvet stadig var svøbt i sæbevand, at vi skulle løbe rundt som vilde, ustyrlige hvalpe.

Der er vel heller ikke noget at sige til, at Marianne reagerede, som hun gjorde. Hun var trods alt kun 11 år, 3 måneder og 15 dage. Det kan jeg huske, fordi Molly døde i den alder, den dag, midt på det blankpolerede stengulv i den store hall. En del af Marianne døde sammen med hende den onsdag.

Jeg stiger af toget på Holte station, går ned af trapperne og ud til det magiske træ. Vi legede her ofte som børn. Vores forældre havde fortalt os, at en storm havde ødelagt toppen af træet, og at træet derfor var blevet hult. Det var mange år siden, så det var for længest dødt, men vi elskede at inddrage det i vores lege. Vores forældres historie kedede os, så vi overbeviste hinanden om, at træet i stedet var magisk.

Jeg stikker hånden ned i det og støder på den relativt store kuffert. Dens vægt overrasker mig, og jeg må også stikke den anden hånd derned for at kunne løfte den op.

"Hvad fanden har hun smidt i den!" Jeg vrisser og stønner for mig selv, mens jeg hiver den tunge kuffert op ad træet.

En flok unge går forbi og kigger på mig, som om jeg er i færd med at begå en forbrydelse. Jeg ved sku heller ikke, hvad jeg havde tænkt, hvis jeg havde set en kvinde stå alene søndag aften halvvejs nede i et træ for at fiske en tung kuffert op.

Jeg skynder mig op til perronen igen, hvor toget til Birkerød går fra om 5 minutter. Jeg skal med en bus fra Birkerød station til Fiskebækbroen på Frederiksborgvej, for at gå direkte til Furesøbad – pisse besværligt, men hvad man ikke gør for en søster i nød.

Klokken er blevet 22.30, og jeg er den eneste ved friluftsbadet. Idet jeg står her, fortryder jeg en lille smule. Det blæser, og jeg kan høre, vandet slå mod bredden. Hvis ikke det var for mine pessimistiske tanker, ville det næsten lyde smukt. Himlen er blevet klar, og månen skinner hele natten op. Jeg sætter kufferten fra mig et øjeblik og bevæger mig ud på badebroen, hvor jeg sætter mig med fødderne soppende i vandet. Gad vide om vi nogensinde vil blive en familie igen. Gad vide om Molly ville bebrejde mig, hvis hun kunne se mig lige nu. Jeg er ingen morder, med mindre jeg skulle myrde for dem, jeg elsker. Jeg elskede hende. Det gjorde hele familien.

Jeg tager telefonen frem og skriver en besked til Marianne.

Jeg ringer nu.

Jeg nyder stilheden. Nyder duften af alger og vådt græs. I et øjeblik bliver der blikstille.

Det er blevet morgen. Mandag morgen. Jeg kigger på min telefon, men der ligger ingen sms'er fra Marianne. Hun svarede aldrig på min besked – gad vide om hun overhovedet mødte op i går. Det kunne fandme lige ligne hende at blive væk, for at få mig til at ligne en idiot.

Jeg vader ud i køkkenet og laver en kop te. Sukker med jordbærte, ville min far kalde det. Tramper ind i stuen i mine veloursutsko, sætter mig i sofaen og tænder for tv'et. Det kører bare på News.

'Dansk folkeparti vil hæve priserne på cigaretter', '45-årig kvinde sigtet for hvidvask af 105 millioner', Tusk om Brexit: vi kan kun forlænge, hvis May får aftale godkendt', og sådan fortsætter det, til jeg pludselig får teen galt i halsen. 'Partering af kvinde fundet ved Furesøbad søndag aften: morder kontaktede selv politiet'. Jeg fryser fuldstændig sammen. Hun er jo blevet sindssyg. Mit hjerte galoperer derud af, og jeg kan knap nok trække vejret.

"DUNK, DUNK, DUNK". Først da klokken rammer 19 lyder, der tre meget hårde bank på hoveddøren. Der går få sekunder, og så kan jeg høre en mandestemme sige; "vær venlig at åbne døren. Det er politiet."

Jeg har hele dagen forberedt mig på dette øjeblik. Jeg har tilbragt den sidste dag af mit liv i en toværelses lejlighed i Virum. Ikke lige sådan jeg havde forestillet mig min sidste dags frihed, men min søster var den snu af os. Det har hun altid været. Måske hun nu kan leve videre med et lettet hjerte over, at have hævnet sig, på det hun ville kalde Mollys morder. Måske hun nu kan blive hel igen.

"Er du Milla Birk?" Jeg nikker.
"Klokken er 19.03 og du er anholdt for mordet på din søster Marianne Birk."

II

Kufferten II

Jeg har ligget vågen længe nu. Jeg kigger på min telefon igen. Klokken er kun 5.30. En lastbil har stået i tomgang i 45 minutter nede på tanken. Hvor lang tid kan det tage at købe en kop kaffe, for helvede?

Jeg sætter mig dovent op i sengen og gnider søvnen fra mine øjne væk. Lader min pegefinger glide ind under den sorte persienne, så jeg lige akkurat kan se ned på Shell. Lyset fra lastbilen skinner direkte ind på mit vindue, men jeg får øje på en mand på den anden side af Scaniaens forrude. Han ser ikke ud til at blive ligeså forstyrret af lyden som jeg. Tværtimod, så er det som at se et barn sove fredfyldt til lyden af en musikuro. Han ligger med armene over kors, hvilende på den store mave, som stille og roligt bevæger sig op og ned i takt med sekundviseren på mit vægur ude i køkkenet. Mon han befinder sig i sit frirum lige nu? Det ser sådan ud. Ingen vred kone og ingen hysteriske unger. Jeg gætter bare.

Jeg rejser mig op og står helt bar i soveværelset. Jeg føler mig ikke speciel træt, mere tømmermandsramt.

Jeg går ind i stuen, hvor jeg sætter mig i den sorte læderstol jeg fandt hos Kirkens Korshær i mandags. Den er skide grim, men man sidder okay.

"DING DONG". Klokken er præcis 8. Han er meget punktlig, må man sige.

Jeg har hele natten tænk på dette øjeblik. Gad vide, hvordan han ser ud. Hvad nu, hvis jeg fortryder. Vil han kunne forstå det?

"Hej." Udenfor min dør står lastbilchaufføren.

"Hej." Det er lidt akavet.

"Kom indenfor." Han går ind i lejligheden, smider skoene og rækker hånden venligt frem mod mig.

"Michael." Jeg kigger undrende på ham. Jeg troede ikke vi skulle udveksle navne. Han smiler.

"Ja, jeg tænker, det er lige meget, at du kender mit navn. Du fortæller det jo nok ikke lige videre til andre."

Han joker. Sødt.

"Hm… Nej, det kan du jo have ret i." Stilhed.

"Jeg har lavet kaffe."

Vi gå sammen ind i stuen. Jeg tilbyder ham den gode plads i læderstolen.

"Sæt dig endelig ned."

Jeg henter kaffen ude fra køkkenet af, mens han sidder og studerer rummet.

"Du bor hyggeligt." Jeg griner.

"Det er en møglejelighed. Men den er billig."

Endnu engang akavet stilhed.

"Har du prøvet det her før? Ja, altså det er jo min første gang." Jeg ved ikke hvorfor jeg sagde det sidste. Mon ikke han selv kunne have regnet den ud.

"Én gang før. Men jeg har aldrig selv taget initiativet. Det er dem der kontakter mig." Jeg tror, han vil have mig til at føle mig tryg.

"Jeg har før mødt op hos et par stykker, ligesom jeg er her hos dig nu, hvor de pludselig fortrød. Det forstår jeg godt, at de gjorde."

Det lykkes ham at gøre mig tryg.

"Jeg har taget en kontrakt med, jeg gerne vil have dig til at underskrive, så der ikke opstår misforståelser efterfølgende. Det er jo lidt af en anderledes opgave, du har sat mig på."

En kontrakt siger han. Hvad fanden er det her for noget. Findes der kontrakter, overensstemmelser og moral i 'the deep web'? Hvad er det dog, jeg har gang i?

"Skal vi ikke snakke hele forløbet igennem først?" spørger jeg ham.

"Rigtig god ide." Han smiler troværdigt til mig. Næsten som om han holder af mig.

Jeg har skrevet under på, at Micheal ikke har stået for selve drabet, men blot taget sig af liget på min befaling.

"Jeg tager hen til min søster nu, hvor jeg vil fortælle hende, at hun i aften klokken 21.30 skal afhente en kuffert på Holte station. Du får dine lyster stillet, jeg får hævn efterfulgt af fred og klokken 21.30, puf, så er liget væk. Ude af din rækkevidde. Du har aldrig haft noget med det at gøre. Det er en win win situation".

"Jeg kører dig."

Vi går ned på tanken, hvor hans gigantiske lastbil holder.

"Diskret." Jeg kigger ironisk på ham og smiler helt uden at anstrenge mig.

"Har du lyst til noget, inden vi kører derhen?"

"Nej. Først bagefter."

Vi kører ned ad kongevejen og drejer til højre ind på Frederiksdalsvej.

"Så er det bare i den anden gule bygning til højre. Holder du ikke bare på Circle K imens?" Han drejer ind på tanken, jeg stiger ud og går langsomt hen til det slidte gule lejlighedskompleks.

"Hva? er du ikke stået op endnu? Klokken er to." Hun giver mig det klassiske 'åh-nej-er-hun-her-nu-igen-blik'. Jeg bliver bekræftet i min beslutning.

Her dufter af rengøringsmidler og friske blomster. En kæmpestor buket står midt på spisebordet – helt sikkert ikke en, hun selv har købt. Hun er mig så pisse overlegen. Det har hun kraftedeme altid været. I vindueskarmen står to vaser fra Holmegaard og ved siden af tre Georg Jensen lysestager. Under bordet ligger et kæmpe koskind. Jeg tror bare det er fra Ikea, men det ser flot ud. Det ser dyrt ud. I hvert fald dyrere end alle de gaver jeg gennem tiden tilsammen har modtaget fra hende.

"Hvad laver du overhovedet her, Marianne? Mangler du penge?"

"Er det noget med Lukas?" Jeg fortæller hende om min plan og prøver virkelig at se alvorlig ud. Hun hopper på den.

Efter max en time går jeg ud i entreen for at tage mit overtøj på. Jeg står forholdsvis længe og kigger på hende. Jeg er klar over, at dette bliver den sidste gang. Jeg tager den forventede Marianne-rolle på mig, og opfører mig psykotisk. Jeg får hende til at røre min hud. Mine arme, min mave og mit ansigt. Jeg bilder hende ind, at jeg er bange for, at være blevet for tynd. Hun siger jeg ser fin ud. Hun går hen mod døren for at åbne den for mig. Jeg krammer hende og får forsigtigt sneget nøglen til kuffertlåsen i hendes jakkelomme, som hænger på krogen bag hende.

"Undskyld. "

Jeg går ned på tanken, sætter mig ind i lastbilen uden at sige et ord. Han begynder at køre tilbage til Holte.

"Hvad var det, du kunne tænke dig nu?"

Jeg sukker dybt, lukker øjnene og synker.

"En pakke mælkesnitter og en Cocio."

"Jeg gir'." smågriner han.

Efter at have spist mine snacks sætter jeg mig ud i bruseren. Jeg har smidt alt tøjet, og Michael sidder på toiletbrættet ved siden af. Der er intet seksuelt forbundet med dette øjeblik.

"Er du helt sikker på det her?"

"Det er bare et selvmord. I dag er det mig, i morgen er det en anden." Jeg har ikke følt mig så godt tilpas, siden Molly levede. Jeg er lykkelig ved tanken om, at min kamp er slut nu. Jeg er endnu mere lykkelig over, at være i færd med at hævne mig på min elskede tvillingesøsters morder.

"Et liv for et liv."

Michael har sat sig ned til mig. Jeg sidder mellem hans ben ligesom to efterskoleelever til morgensang. Han holder en varm hånd på min pande, mens jeg skærer loddrat gennem mit håndled. Jeg bliver slap og lader mig falde tungt ned på Michaels brystkasse. Han holder om mig, som ingen anden nogensinde har gjort det før.

Michael aer Marianne på kinden, kører hendes hår væk fra ansigtet, kysser hende på panden. Herefter lægger han hende stille og roligt på badeværelsesgulvet og går i gang med sin del af opgaven.

Da klokken bliver 22.30 står Milla med kufferten i hånden på det aftalte sted. Hun tror, hun er alene, men hvad hun ikke ved er, at i den kuffert hun står med, ligger det meste af liget fra hendes søster. Et planlagt selvmord, som, med hjælp fra en mand fra 'the deep web', skal få Milla buret inde resten af livet.

Månen lyser den smukke, unge kvinde op på den mørke strand. Der står de, for første gang lykkelige, side om side. Død og levende. Lige præcis det moment Marianne havde forestillet sig. Stilhed før stormen.

III

En morders stemme

...

*M*in brystkasse snitter rygsøjlen i takt med råbet inde fra soveværelset. Jeg ser dem for mig, for det er ikke første gang det sker.

Jeg kan tydligt høre min mor stønne, nærmest gispe efter vejret.

Ting bliver revet ned fra hylder og vindueskarmen derinde, men min fars stemme er ikke til at høre.

Jeg husker, hvordan hun fredfyldt stod en oktober morgen iklædt sin morgenkåbe, håret slået op i håndklædet med misfarvninger fra klorinen efter min badeværelsesrengøring og en kop kaffe at varme sig på. Hun havde sin ring på fingeren – der var den altid.

Hun stod og kiggede ud af køkkenvinduet med et komplet udtryksløst ansigtsudtryk. Hun virkede ikke vred. Jeg var intet andet end en flue på væggen. Han sagde, at han havde nattearbejde, men hun troede ham ikke. Hun var udmærket klar over, hvad hans natteluskeri gik ud på.

Han nåede knap nok at træde ind i entreen den morgen, inden et slag blev langet ud. Dét var første gang det skete.

Han har siddet der hver aften de sidste to uger, manden med den gule cashmere sweater og rødstribede habitbukser. Ikke én eneste aften har han forladt baren alene. De har gerne været tre eller fire, men selvfølgelig kun én herre.

Han har hver aften siddet gemt oppe ved baren bag den grønne plante, parat til at træde direkte ud og gribe enhver chance, der ville træde ind.

En Dark 'n' Stormy med ekstra rom har stået klar til ham på hans plads hver aften hele ugen. Han havde brugt ugen forinden på at forklare bartenderen, hvordan han hver aften skulle klargøre hans plads ved baren med "de sædvanlige drinks", og en hilsen, der ville få ham til at udstråle popularitet. Da bartenderen ikke havde adlydt den første aften, havde han måttet banke det ind i fjæset på ham. Efter den episode, havde der hver aftens stået en Dark 'n' Stormy, og så endda med ekstra rom i.

Det gjorde ham absolut ikke noget at blive frygtet. Frygt ville skabe respekt, respekt ville føre til lederskab og en leder ville altid være kvindernes første valg.

Stiletter eller sneakers gjorde ingen forskel for ham. Lyst eller mørkt hår heller ikke.

Han foretrak ikke en speciel type, så længe hun adlød og ikke mindede ham om hans tæve af en kone derhjemme.

Så længe de tilfredsstillede ham, var han uinteresseret i deres værdighed.

Men at han lige præcis den selv samme aften ville blive det perfekte offer, havde han bestemt ikke forudset.

Miriam Nieminen var på vej hjem fra arbejde. Det tog hende lang tid at nå til Nørreport station, selvom redaktionen lå på Pilestræde. Ikke en eneste tigger, hun passerede, blev overset.

Der var kun gået to uger, siden Mattias Brønsholm havde ansat hende som journalist på "Hovedstadens Information". Om det var grundet hendes kvalifikationer, eller om det handlede om hendes særligt indbydende udstråling, vidste hun ikke.

Det var mange år siden, at Miriam var blevet uddannet fra journalisthøjskolen, og hun følte, at tiden var inde til at få sig et ordentligt job.

Kontanthjælpen var ikke tilfredsstillende nok.

Miriam gik ikke udfordrende klædt, men mændene bemærkede hende.

Det var november måned, så hun bar lange forede støvler og en uldkjole, der stoppede lige over knæene. Ud over kjolen havde hun altid en farverig striktrøje på, og som yderste lag en mørkeblå North Face frakke, som hun havde arvet af sin mor.

Miriams mor Pinja var allerede død som fyrreårig, og alene tilbage stod Miriam i en alder af atten. Hun havde levet et hårdt liv og valgte, trods rollen som mor, at ende det lige midt på Frederikssund station for sytten år siden.

"Miriam, kom her lille skat."

Mor sidder alene inde i stuen efter at have smidt far ud.

Hendes øjne er blanke, og hun bløder fra øjenbrynet. Hun gør tegn til, at jeg skal sætte mig hos hende, så jeg hopper op på hendes skød. Jeg fjerner hendes pandehår fra ansigtet og puster på såret. Jeg sætter min finger på såret, fordi det har jeg set i fjernsynet, at man skal gøre for at stoppe blødningen. Hun trækker hovedet til sig og gisper.

"Det skal nok gå. Der vil aldrig ske dig noget min engel. Det lover jeg. Jeg vil dø for dig."

Miriam var vokset op i Tingbjerg, og hun følte sig tryggest blandt den del af befolkningen, hun var født ind i. Hun følte sig ikke som værende på lige fod med den høje samfundsklasse, trods det, at man aldrig ville have forudset hendes sørgelige opvækst. Miriam strålede af selvsikkerhed, og man var ikke et sekund i tvivl om, at hun var populær hos mændene.

Efter hendes mors død, var hun flyttet ud af huset og ned i en kælderlejlighed i

Frederiksværk. Hun havde planer om at flytte tættere på København, når pengene rakte til det.

Hun sparede hvor hun kunne, men medicinen kostede i dyre domme. Hun var aldrig blevet tilmeldt en forsikring som barn, og efter skaden var sket, måtte hun selv betale omkostningerne. Her var ingen kære mor.

"Miriam! Vent lige Miriam!" Danny kom farende efter hende. Hans ansigt var knaldrødt af kulden.

"Din, Emh..." han vendte den roman, han havde i hånden om, så forsiden vendte opad.

"Åh, tusinde tak Danny! Det havde været en lang tur hjem uden Hannibal Lecter ved min side," hun fniste, inden hun vendte sig om og sprang ind i S-toget.

"God weekend Miriam!", råbte han efter hende.

"Nogen der kan undvære en lille mønt til en ensom hjemløs ... nogen der kan undvære en lille mønt til en ensom hjemløs..."

"Så må i have en dejlig dag."

En spinkel mand med uplejet skæg og kruset hår gik igennem kupeen ved siden af med hænderne samlet ved den nederste del af maven. Hans hoved hang ydmygt ned mod brystkassen og signalerede tydeligt udstødelse.

"Nogen der kan undvære en lille mønt til en ensom hjemløs…"

Miriam kiggede ham dybt ind i øjnene med et medfølende ansigtsudtryk. Hun rakte sin sammenknugede hånd frem mod ham.

"Værsgo. Her er da lidt til aftensmad."

Hun tog tørklædet af og viklede det om hans kolde hals, så det dækkede helt ned omkring brystet. Han tog hånden op til tørklædet for at mærke, hvordan varmen fyldte ham, puttede sit hoved ned i det og tog en dyb indånding.

"Flere som dig. Mange flere som dig!" Han samlede hænderne foran hovedet og bøjede sig forover. Taknemmelighed lyste ud af ham.

"Og må du så have en velsignet jul!" Miriam mente virkelig, hvad hun sagde.

Den ynkelige, afkræftede mand traskede videre ned gennem S-toget i sin evindelige søgen efter medmenneskelighed.

"Du er godt klar over, at de penge bliver drukket væk, ikke?" En spidsborgerlig kvinde sidst i fyrrene kiggede fordomsfuldt på Miriam med et blik, der signalerede jeg-ved-bedst.

Miriam rejste sig op, bevægede blikket op og ned langs hendes krop og smilte sarkastisk.

"Hav en skøn dag din snæversynede overklasses-snob."

Hårene på mine arme rejser sig, da en brise lægger sig på dem.

Kulden graver sig ind under huden på mig og synker helt ned i tåspidserne.

Mine øjne er så trætte, at jeg knap nok kan åbne dem, men til sidst overmander jeg døsigheden.

Jeg fornemmer slørret, noget bevæger sig hen over mig. Jeg kan endnu ikke se hvad, men noget overvåger mig. Jeg forsøger at tage min hånd op til øjet for at mindske sløringen, men det er umuligt.

En høj skinger lyd driver ind i min øregang, mens en person vrisser. Metal, der rammer gulvet under mig, giver genklang i hele rummet. Jeg forsøger at vride min krop løs, men der er ikke noget at give af. Jeg er låst fast med iskoldt metal.

Min ene tå kan lige akkurat nå min modsatte fod, og jeg skraber neglen op ad min hud, i håbet om, at jeg er immun overfor smerten. I håbet om, at jeg blot er statist i en ond drøm.

Jeg holder vejret i et forsøg på at kunne høre, hvem der lister rundt i lokalet, jeg befinder mig i.

Tavsheden bliver brudt af en skarp genstand, der bevæger sig op langs mit ben. Mit hjerte stopper næsten, for efterfølgende at bryde ud gennem brystet på mig.

Hvis ikke det var for metallet omkring min ankel og mit lår, havde jeg hakket hul i benet. Samme tid med chokket, åbner mine øjne helt op, og alt sløringen forsvinder. Jeg ser komplet klart.

Jeg overvåger mig selv. Jeg overvåger mig selv i spejlet oppe i loftet. I spejlets hjørne kan jeg se, min gule cashmere sweater ligge på en kontorstol sammen med mine rødstribede habitbukser. Manden over mig stirrer rædselsslagent på mig. Jeg ved i det øjeblik, at vi begge skal dø.

Det går op for mig, at jeg ikke kan bevæge andet end mine fingrespidser og tær. Alt andet er lammet.

Jeg kan ikke vende mit ansigt, så jeg er tvunget til at kigge på manden over mig.

En træstang med et A4-papir klistret på enden bliver holdt ind foran min mave, så jeg kan se det oppe i spejlet.

"Kære Simon. Jeg har i aftenens anledning lavet en kort præsentation af nattens forløb, så intet kommer som en overraskelse." Papiret på træstangen sender beskeder til mig. Personen i den anden ende siger ikke en lyd.

"Først og fremmest skal du huske på, at vi alle skal dø. Din tid er kommet nu. Du vil kunne mærke alt den smerte, jeg vil udsætte dig for, men du vil være ude af stand til at stritte imod. Enjoy."

Jeg råber så højt, at jeg er i tvivl om, hvorvidt mit stemmebånd holder til det. "DRÆB MIG FOR HELVEDE! BARE DRÆB MIG."

Jeg kan høre, at der bliver skrevet på livet løs lige ved siden af mit øre. Jeg kan sågar fornemme, hånden der holder på tuschen.

En ånde ramme mig så hårdt i håret, at det kilder mig på panden. Jeg kan lugte, den skrappe blæklugt suge sig helt ind i mine næsebor.

"Her har du aftenens og nattens disposition: 1. Maltraktering af pande 2. Afskæring af kønsorgan 3. Fjernelse af syn. Og til sidst skal jeg nok love at dræbe dig."

Det var lørdag morgen, og vinden lavede forsigtige suselyde udenfor. Miriam havde besluttet sig for at blive indendørs, fra hun stod op, til solen igen gik ned.

Hun havde haft en hård nat, som havde stået på en drøj kamp med fortidens dæmoner.

Miriam havde hele sit liv døjet med mareridt, men hun havde lært at leve med det. Hun var ikke længere bange for sin fortid, for hun havde lært at benægte den.

"Et lig blev tidligt lørdag morgen fundet på Rådhuspladsens metrobyggeris byggeplads. Politiet mener, at der er tale om et planlagt mord, men der er endnu ingen mistænkte i sagen. Den myrdede er dybt kvæstet, og ikke identificeret. Bogstavet 'P' er skåret i ofret pande.

Politiet udtaler sig ikke yderligere på nuværende tidspunkt, men kommer til at følge op på flere spor i sagen."

Miriam lyttede grundigt til nyhedsværten i tv´et. Det løb hende koldt ned af ryggen, og hun følte sig i dyb chok.

Hun gik ind på soveværelset og fandt oppe øverst i skabet det eneste familie-fotoalbum, hun havde, frem.

Hun pustede forsigtigt støvet væk fra forsiden. Et billede af hendes forældre og hende selv var klistret fast på facaden. De så lykkelige ud. Miriam var ikke meget ældre end et par år på billedet, og trods hendes barnehjerne ikke havde lagret minderne fra den tid, var det den lykkeliste periode i hendes liv.

Hoveddøren står og klaprer, og den iskolde luft strømmer ind under min værelsesdør. Jeg gør som om jeg sover, så mor og far ikke opdager,

at jeg har fulgt med i hele morgenens aktivitet. Jeg ligger med benene over kors, hovedet hvilende på mine arme og stirrer op på loftets knaster. Tænk at det engang var et stort smukt træ med adskillige unikke grene. Nu er grenene skåret af, men der hvor de engang sad, ligner universets planeter.

Jeg svæver ofte op i værelset, helt ud i det ydre rum og væk fra mor og far. Jeg sammenligner mig selv med træet, fordi mine knækkede grene også besidder et helt andet univers.

Det var blevet mandag, og Miriam havde brugt hele søndagen på at finde fordele og ulemper ved at skrive en artikel om det mord, nyhederne hele weekenden havde været fyldt op med. Hun tænkte, at hun ville kunne imponere Mattias Brønsholm med denne historie, og desuden vakte den virkelig hendes interesse!

Den havde virkelig vakt hendes rædsel og dog også hendes fascination. En fascination over, hvordan et menneske som denne morder var blevet på en sådan måde.

Miriam var slentret op på det kontor, hun delte med sin kollega Danny. Hun ville ikke dele artiklen med andre, så hun var mødt tidligt ind. Denne artikel skulle slå benene væk under Mattias Brønsholm.

"Du er da tidligt oppe i dag." Danny kom brasende ind på kontoret. Han overraskede Miriam i en grad, der fik hendes krop til at reagere med et sæt.

"Godmorgen!" Hun hostede et par gange, så sættet blev camoufleret.

Miriam var den sidste tilkomne på redaktionen og havde derfor fået udleveret den ringeste plads på kontoret. Hendes bord lå lige ved døren, og hun var derfor sikker på, at Danny havde fået et glimt af hendes computerskærm.

"En ny artikel? "Miriam nåede ikke at svare, før han igen åbnede munden.

"Har du hørt, om ham der blev myrdet i weekenden? Det er fuldstændig vanvittigt!" Miriam smilede til ham og nikkede troværdigt. Hun tog fjernbetjeningen og tændte kontorets fælles fjernsyn.

"Der kan muligvis være tale om en seriemorder. Disse mord er alt for planlagte, og desuden sket indenfor så kort tid, at det umuligt kan være et tilfælde! Mordmetoderne er identisk med det lig, vi fandt natten til lørdag. Det er meget barbarisk, og det eneste vi vil udtale os om på nuværende tidspunkt er, at noget der ligner henholdsvis bugstaverne 'N' og 'A' er skåret i panden på de to seneste ofre."

Miriam kiggede chokeret over på Danny, men han så allerede på hende, med et smil der skræmte hende. Han gøs på en ironisk måde, hvorefter han smed høretelefoner i ørene, og låste sig fast til computerskærmen.

Miriam slukkede langsomt sin computer, så skærmen blev sort, og fik øje på sit spejlbillede deri. Hun gispede.

Miriam lå med armene strakt oppe i luften foran sit hoved. Hun bevægede fingrene, så lyset lavede mønstre i hendes ansigt, og følte sig godt tilpas.

Hun rejste sig dovent op fra sengen, og listede over til det høje kældervindue.

Selvom Miriam til tider var træt af at bo i Frederiksværk, var der nu noget beroligende og fredfyldt, ved hendes udsigt ud over en af byens kanaler.

Hvis der var noget Miriam beundrede, så var det vand og dets ukontrollerede karisma. Hun fandt det imponerende, hvorledes to vilde landskaber, som Arresø og Roskilde fjord, kunne forbindes af en fredfyldt og stille kanal og vække en hel by til live.

Sidste år på denne tid havde hun forestillet sig, sin mor komme flydende ovenpå sin kiste gennem kanalen. Hun var ikke blevet bange, fordi Pinja havde gjort tegn til, at faderen lå død bag låget under hende.

En vibrerende lyd lød under hendes dyne, så hun gik hen til sengen og fandt telefonen frem, som lå og ringede.

"Ja, det er Miriam." Hun kendte ikke nummeret.

"Hallo? Er der nogen?" hun kiggede på skærmen for at se, om hun havde trykket på grøn. Det havde hun.

Hun tog telefonen i lommen, hoppede i noget tøj og greb bilnøglerne for at sætte sig ud i bilen, klar til at køre på arbejde.

Hun sad et minut og kiggede rundt i Skodaen, mens bilens forrude tøede op efter nattens frost. Hun gned sig i øjnene, og idet hun fjernede sin hånd fra øjet, skimtede hun en bevægelse i bakspejlet. Hun kastede hovedet over skulderen, men der var intet at se. Det var nok bare blæstens værk.

"Godmorgen til Hovedstadens Informations smukkeste ansatte!" Mattias Brønsholm havde altid en smart bemærkning med på vejen. Miriam vidste ikke om det kun var hende, der modtog dem, eller om det var hans helt reelle natur.

"Har du nogen specielle opgaver til mig i dag, eller kan jeg…" Miriam nåede ikke at sige mere, før Brønsholm afbrød hende.

"… skrive videre på din artikel? Ja det kan du da tro du må, efter du har gået med skrald." Han smilte med åben mund, vendte sig om og nynnede ned ad gangen.

"Husk skraldeposerne fra gang to!" råbte han efter hende. Mattias var aldrig helt oprigtig at høre på. Han havde ingen specifik personlighed, man, som hans medmennesker, kunne behandle ham ud fra.

Miriam havde intet imod at blive behandlet som lagermedarbejder - det gav hende mere tid til selvstændige projekter.

"En, to, tre, fire, hvor kan jeg finde mine yndlingspiger? Fem, seks, syv, otte, når tiden kommer, vi kan nå det. Ni, og så til sidst ti, jeg gør kun det, i selv kan li´."

Jeg kan høre ham tælle ovre bag brændeskuret, Mikkel. Han leger med os børn i kvarteret, når vores forældre ikke kan komme tilrette derhjemme. Den der gemmer sig bedst bliver belønnet, mens de andre må tage deres straf. En straf Mikkel bestemmer. Men vi leger bare, så det gør ikke noget. Mikkel siger, at det kaldes opdragelse, og det er noget, alle må igennem en dag.

Efter at Miriam havde været nede med skrald, satte hun sig tilrette bag computeren. Danny var ikke mødt på arbejde - han var der ellers altid før Miriam. Novemberkulden havde nok sørget for sygdom.

Hun sad og stirrede ud i luften, da en mail tiltrak hendes opmærksomhed.

"Jeg vil råde dig til at passe på, Miriam Nieminen. Nogen kan komme til skade, hvis du graver mere i den sag." Afsenderen var anonym.

"Halløj! Toget var aflyst på grund af sporarbejde. Bliver det nogensinde anderledes?" Danny kom styrtende ind ad døren med røde kinder og et kækt grin.

"Det er sindssygt at bo i København for tiden. Det er jo en slagterby!" Miriam rynkede brynene og skulle lige til at åbne munden.

"Har du ikke hørt det? De har fundet endnu et lig her til morgen. Samme mordmetode som de forrige. Røvuhyggeligt. Men der bliver sku da lidt for dig at skrive om."

Det gav et sæt i Miriam, og hun kom til at tænke på, den mail der var tikket ind på hendes mail tidligere på morgenen.

Miriam åbnede vinduet helt op. Hun kunne se lige ned til Jorcks Passage, hvor folk styrtede forbi hinanden, i en sådan fart der kunne volde ulykker.

Blandt det travle folk, stod en mand der skilte sig aldeles ud. Hans korte bumper jakke, fik hans overkrop til at se afsindigt kort ud, men det var egentlig ikke hans ydre, der vakte Miriams interesse.

Hans adfærd strålede ud af ham og mindede hende om en, hun engang kendte.

Han så op på Miriam og vinkede ubeskedent. Miriam vinkede høfligt tilbage og udstødte et lille fnis.

En ung pige kom løbende bag ham, og greb fat i hans hånd. Manden smilede udspekuleret op til hende.

Hun fik en knude i maven, og kom straks til at tænke tilbage på den dag i september måned, hvor Mikkel have taget kontakt til hende.

Hun havde stået på perronen, og pludselig havde en spids finger prikket hende stift på skulderen.

Han havde omfavnet hende og ved deres kropskontakt, havde et flashback af hans sidste berøringer slået hende ud, så hun ikke kunne bevæge sig.

Hun havde ikke sagt et ord til ham, og han nød at være i besiddelse af kontrollen.

Da hun var kommet sig, havde han stået stift et par meter længere væk. Folk var gået forbi ham, som om han var en søjle, de skulle undgå.

Mikkel havde smilet skævt til Miriam og mimet "1, 2, 3, 4" på præcis samme overdrevne måde, som han altid havde gjort det, når han stod bag brændeskuret, da hun var barn. Han var derefter forsvundet ud af Miriams synsfelt.

Solen var så småt ved at forsvinde fra himlen, og et dunkelt lys lagde sig udenfor. Miriam lukkede kulden ude igen, og stod kort og studerede sit spejlbillede i den duggede rude.

Midt i sit kaotiske tankemylder, og åndsfraværende blik, kom endnu et ansigt til syne i duggens spejl. Miriam så ikke bort fra skikkelsen, men stirrede fængslende.

Blikket var tavst, men øjenhulerne signalerede uro. Det var en kvindes karaktertræk. Så mager at huden sad løst i ansigtet på hende.

Selvom vinduet skjulte de fleste træk, kunne man se de sprækkede læber. Hun havde engang været smuk – det kunne man fornemme. Hendes kindben var tydligt markerede, og næsen specielt fin. Hendes øjenlåg lukkede langsomt i, i takt med at hendes tynde fingre bevægede sig op foran ansigtet på hende. De lignede knogler.

Der sad en smuk ring på hendes ringefinger. Miriam vidste med det samme, at hun kendte til ringen. Det gav en snurrende fornemmelse i kroppen på hende, og hun vendte sig hastigt rundt. "Mor."

Der var ingen bag hende. Miriam kiggede hurtigt ind i vinduet igen, men skikkelsen var forsvundet.

Hun satte sig forundret på kontorstolen bag sin disk, men vidste, at der ikke ville komme noget godt ud af at tænkte videre over det. Hun åbnede word-dokumentet, som hun havde kaldt "Massakre i hovedstaden."

Miriam havde ikke tænkt på sin fortid længe, men indenfor de sidste måneder var monstrene vendt tilbage. Først var Mikkel dukket op, og nu var det moderens tid til at hjemsøge hende. For første gang i sit liv, begyndte hun at sætte spørgsmålstegn ved deres tilbagevenden. Hun mødte dem ofte om natten, men det betød ikke det samme – det var jo bare hendes minder der trængte til selskab.

Hun ville ikke få skrevet mere på artiklen den dag. Hele historien begyndte at skræmme hende.

Hun orkede ikke mere tumult, så hun greb sin taske og gik målrettet ud mod s-toget. Nu ville hun hjem.

Miriam havde sat sig til rette i lænestolen i stuen. Hendes hoved var fyldt op med dagens turbulente optrin. Hun sikrede sig flere gange, at hoveddøren var låst.

"Vi kan her til aften offentliggøre, at endnu et lig et blevet fundet i Københavns indre by. Offeret er fundet med dybe sår i panden, som umiddelbart er formet som et "J". Politiet har først her til aften ville udbringe meddelelsen, og kan konstatere, at der er tale om den samme morder, som står bag mordene på William Nordskov, Marcus Vang & Sigurd Wilhelm. Det eneste der adskiller liget fra de sidste tre, er manglen af offerets langefinger. Politiet har intet at kommentere til dette."

Miriam væmmedes ved tanken om, at en morder var på fri fod i det område, hun dagligt befandt sig i.

Hun sad et stykke tid i sine egne tanker, og pludselig løb det hende iskoldt ned ad ryggen. "Politiet har først her til aften ville udbringe meddelelsen..." Hvordan vidste Danny så allerede i morges, at det var sket? Hun gøs, og måtte sluge flere sure opstød.

Udenfor havde blæsten lagt sig, og det fik Miriam til at tænke på udtrykket; stilhed før stormen. Hun vidste godt, det var noget vrøvl, og at det absolut ikke hjalp at gejle sig selv sådan op. Nogen lavede gæk med hende, men værre var det heller ikke. Det var forhåbentligt bare tomme trusler, der konstant prikkede til hende.

Men Miriam vidste jo også godt, at Nieminen-familien havde sørget for en masse skeletter i skabet. Mon hun var i fare?

"STOP!" Hun tog sig selv i at råbe højt, selvom hun var den eneste i rummet.

"Dunk, dunk, dunk…" Tre kraftige bank ramte hoveddøren, og Miriam fløj op i luften af forskrækkelse.

Hun kiggede over på vinduet, og overvejede i et sekund at flygte derud af. Hun ombestemte sig hurtigt.

Hun listede stille ud i entréen, og blev straks beroliget af at se Danny udenfor døren gennem vinduet. Hun stormede hen og låste døren op.

"Danny!"

"Hvad kan jeg gøre for dig på denne tid?" Hun stod undrende, men lettet, og kiggede på ham. Hun kiggede tilbage på uret inde i køkkenet. Klokken var lige knap elleve.

"Jeg fandt din telefon på dit skrivebord inde på kontoret. Jeg kom alligevel lige forbi, så kunne du jo lige få den med det samme." Miriam tog telefonen og takkede for hans venlighed. Han sagde farvel og vendte sig rundt mod sin tændte polo.

"Hey Danny! Hvor vidste du det om det sidste mord fra? Politiet har først offentliggjort det her til aften."

Der gik lidt tid før han svarede, men han besluttede sig til sidst for at vende sig mod hende og åbne munden med et skræmmende blik.

"Jeg har mine egne kontakter Miriam, men du har vidst allerede nok at tænke på, har jeg ret?" Hun svarede ham ikke.

"Ikke alle de bekymringer".

Klokken blev tolv, og Miriam var på vej i seng. En høj lyd fra forhaven distraherede hende. Hun åbnede døren ud til, og faldt bagover af frygt.

Midt på dørmåtten stod en kurv fyldt med knive og værktøj. I midten var en finger placeret med neglen mod Miriam. "De døde sover aldrig", stod der med sort skrift på kurven.

"Godmorgen mit smukke spejlbillede." Miriam kradsede søvnen ud af øjnene og så Danny siddende på sengekanten. Hun kiggede ham ind i øjnene og kunne fornemme en følelse af identificering.

Hun løftede øjenbrynene, og det samme gjorde han. Højre hånd holdt hun op foran ansigtet, og Dannys hånd fulgte med.

"Hvad har du gang i?" råbte hun ad ham, men i stedet for at svare hende, bevægede han læberne i takt med hendes. Hun lavede et voldsomt ryk med kroppen. Manden ved siden af hende bevægede sig identisk.

"Vi var intet foruden Pinja. Hun har skabt os. Mit smukke selv, gå nu ud på badeværelset og se, hvad vi har udrettet."

Miriam fløj ind i hoved på Danny, med munden på vid gab, men da hun ville tage fat i hans bluse, røg hun direkte igennem ham og ned på gulvet.

"ARGH for fanden!" Hun slog hovedet med fuld kraft ind i skabet, og en bankende pinsel smertede hele vejen igennem kroppen.

"Martin for helvede altså! Jeg går videre med
det her, hvis du ikke snart gør! Så forlad hende
dog. Tag ungen med og forsvind. Lad hende
have det ad helvedes til!"

Min dør står på klem, så jeg kan se, far stå og
snakke med Henrik ude i køkkenet.

"Tror du ikke, jeg er fuldstændig magtesløs.
Hun finder os den finske galning!

Hun torturerer sig selv, så Miriam tror, det er
mig der gør hendes mor ondt! Jeg har fandme
aldrig rørt Pinja! Jeg tager hellere et slag, end
at adlyde hendes ordre om at gøre hende
fortræd! Fars ven griber om ham, mens han
græder.

"Der findes ingen mandecentre med
hemmelig adresse! Der findes to til kvinder!
Der findes syvogfyrre kvindecentre derudover,
og syv til mænd! Jeg kommer til at dø her,
forstår du det!"

Far græder så meget, at han råber, når han
taler. Min krop ryster, og jeg græder lydløst.

Hoveddøren smækker, og jeg kan høre mors
stemme inde i køkkenet hos far og Henrik.

"Henrik, jeg tror det er tid til, at du går."

Jeg lister hen ad gangen, men kommer ikke langt, før jeg kan høre, far skrige så højt, at det runger i mine ører.

En fugleflok flyver væk fra græsplænen med skingre skrig udenfor. Der er blikstille i et par sekunder, og jeg rykker mig ikke ud af stedet. Mit hjerte banker hurtigt, og min hjerne arbejder på højtryk. Jeg bakker ind mod værelset, men gulvets knirken afslører mig, og mor og far kommer til syne. Fars øjne bløder, og mor står med et stegetermometer i hånden.

"Hej lille skat." *Mor læner sig forover og smiler omsorgsfuldt til mig. Hun går hen til mig, sætter sig på hug og holder sine blodige hænder på mine skuldre. Hun kysser mig hårdt på panden, og en tåre triller ned af hendes kind.*

"Far har gjort mor fortræd. Men bare rolig, far kan ikke længere se, og du skal aldrig være bange igen." *Mor krammer mig med en varme, der gør mig tryg.*

Miriams syn blev langsomt normalt igen. Efter at være kommet sig over slaget, rejste hun sig langsomt op, mens hun støttede sig til sengerammen.

Hun bevægede hovedet hurtigt rundt i værelset, for at orientere sig, men Danny var ikke længere at se.

Hun listede roligt ud i køkkenet og fandt en kniv frem, som hun holdt kampklart op foran brystet.

"... gå nu ud på badeværelset, og se hvad vi har udrettet." Danny havde sagt mange mærkelig ting til hende, men denne sætning skræmte hende mest. Hvad ville hun finde ude på badeværelset?

Hun forsøgte skelende at bevæge det ene øje over mod vinduet, mens det andet kunne vogte døren ind til badeværelset, men hun opgav og fniste hånligt af sig selv. Hun gik hen til vinduet og glædede sig over at se, årets første sne falde. Det var smukt at se, den frosne kanal blive overmandet af de lette snekrystaller, der lyste op af gadelampernes skær.

Miriam gik ubekymret hen til badeværelsesdøren. Allerede inden at have åbnet den op vidste hun, hvad hun ville finde derude. Hun blev ophidset ved tanken. Det var hendes femte vellykkede mirakel.

Bag bruseforhænget var en mand, der engang havde været sin kone utro. Han havde sagt til hende, at han elskede hende, og at han ville være faderen til hendes børn. Men en lørdag nat klokken to, havde han smidt alt dette væk på en alt for blød seng på hotel D´angleterre.

Han havde fortalt sin kone om affæren. Konen havde tilgivet ham, og de havde opfyldt ønsket om et barn. Da konen havde taget en positiv graviditetstest, fik Miriam fat i ham. Han skulle aldrig se kvindens skikkelse igen, så hun havde blindet ham med et stegetermometer.

Hans manddom blev fjernet, og et "I" blev skåret så dybt i panden på ham, at hans kranie kunne ses udefra. Det var det sidste bugstav der manglede, for at hun kunne hylde sin mor.

Denne mand, skulle som de fire andre, mærke den smerte, deres koner måtte have følt.

"Jamen dog, du er jo ikke død endnu. Som du dog holder ud." Miriam satte sig ned ved siden af ham.

"Du har været meget uartig. Og du skal dø. Forstår du det?" Manden ved siden af hende sagde ikke et ord. Den eneste lyd der var at høre, var hans sidste forsøg på at holde sig i live, ved at trække vejret.

"Man hører ofte sætningen: 'usømmelig omgang med lig' i nyhederne, og alle gyser, når de hører det. Men jeg forstår ikke hvorfor?" Hun sad og spekulerede lidt.

"Jeg tænker da, at det du oplever, er meget værre?" hun tænkte lidt videre, og til sidst grinte hun så højt, at tårerne væltede ud.

"Usømmelig omgang med levende. Det lyder sku da bedre. Men da det nu er klaret, skal vi til delen med liget". Hun gik ud i køkkenet, fandt en lille urtekniv og gik tilbage til badeværelset.

"Sov ad helvedes til kvindehader!" Og så skar hun langsomt halsen over på ham.

"Skal vi gøre ham klar til udstilling?" Miriam kiggede op mod døren, og nikkede smilende til Danny.

IV

Kan man dø af angst?

Er verden omkring mig gået i stå? Eller er det sådan her, rastløshed føles? Er jeg den eneste der bemærker det? Eller er jeg bare fyldt op af tomhed?

Skyerne bevæger sig godt nok, og det samme gør bilerne. Vinden svæver langsomt rundt i luften – nærmest som i bølger. Jeg tror, fuglene nyder solens stråler. De lyder i hvert fald tilfredse. Blomsterne springer også ud, præcis som de plejer på denne årstid. Det samme gør træernes blade. Det hele opfører sig, som det plejer.

Jeg sidder på altanen og kigger ud på haven. Jeg beundrer bøgen, som formår at se vigtig og kraftfuld ud trods mange års slid. Jeg tvinger mig selv til at være lykkelig. Det er snart sommer, og jeg sidder med en jordbærte spækket med sukker i hånden, men alligevel føler jeg en konstant knude i brystet. En konstant hjertebanken. En konstant trang til at være der, hvor jeg ikke er. Til at gøre det, jeg ikke gør. Til at være den, jeg ikke er. Mine tanker er hele tiden ét skridt foran. Jeg tænker hele tiden på, hvad jeg skal bagefter det, jeg er i gang med. Knuden fra mit bryst trækker sig op i halsen, og jeg kan ikke trække vejret. Jeg kan ikke synke den væk. Den fylder mere, end hvad min hals kan rumme. Den kan hverken komme op eller ned.

Jeg går ud i gangen, hopper i mine Nike Air Max 97 sneakers og kaster en tynd viskosecardigan over skulderen. Jeg må ud. Jeg kigger i spejlet og væmmes ved det syn, jeg møder. Jeg klapper mig selv på mine kæmpestore bukselommer og kan mærke, at jeg har husket det hele. Ud af døren, nøglen i låsen og ned ad trapperne. Jeg slæber mig selv afsted, men da jeg når stuen passerer mit liv revy. Jeg mærker, hvordan jeg for sidste gang indånder følelsen af livet. Det liv, som var i den verden, jeg aldrig lærte at takle.

Vi kigger hinanden ind i øjnene et sekund eller to, og straks ligger jeg fladt på det kolde, mørke og tunge cementgulv med blod ud af hovedet og kuglen fra en Beretta 95 igennem tindingen.

Jeg åbner døren og træder ud af lejlighedskomplekset. En sky dækker for solen, og det er begyndt at regne. Ude på fortovet løber en kvinde forbi med en lille pige i hånden. De søger ly under deres jakker og forsøger ihærdigt at nå bussen længere nede af gaden. En hætteklædt mand kommer løbende på tværs af fortovet. Han løber ud fra den sidevej, jeg står på med noget, der ligner en meget tung rygsæk. De knalder sammen, og kvinden falder ned på den våde asfalt. Hun kommer hurtigt op igen, men manden ænser dem ikke og er for længst løbet videre. Folk panikker så snart uvejret får magten.

"Er i okay?"

"Kom så skat, vi skal skynde os!" Kvinden løfter den unge pige op til sig og løber direkte imod bussen. De når den kun lige og bemærker mig ikke.

Kirsebærtræet har slået blomst, og en pink farve skinner hele haven op. Regnen har vandet græsplænen, og en kraftig lugt af nyslået græs hænger i luften.

På den anden side af vejen hænger der vasketøj tungt fra tørrestativerne. De får tørresnorene til at danne glade munde.

Min underbo har banket et fuglehus op nede i den anden ende af plænen, men jorden er blev så blød, at det står og svajer. Taget er af tagpap, og husets vægge er formet som en sekskant. Han har brugt mørkt træ, som efterfølgende er blevet malet sort, og vinduerne er af glas. Ved det lille hus' hoveddør er en stor terrasse med et bad i den ene ende. Der er ofte kamp om denne placering. Det minder mig om mine bedsteforældres sommerhus ved Vesterhavet, som vi hver sommer besøgte, da jeg var barn. Der var sådan en ro derude. Så stille. En forventning om, at der absolut ingen forventninger var.

Min bedstemor og jeg fyldte plantekasserne helt op, og jeg stod for tomaterne. Hele sommeren nussede jeg om dem. De havde brug for mig, og jeg følte mig nyttig. Jeg følte mig yderst ansvarlig for de små røde og orange grøntsager, og jeg glædede mig hver aften til, at solen igen ville stå op. Vi oplevede et par gange, at vores salat forsvandt om natten, som om nogen havde skåret det hele ned med en le. Det gjorde mig utryg, fordi jeg var sikker på, at det var en grønsagstyv, som stod bag. I en periode holdt jeg mig helst indendørs, for ikke at støde ind i den person, der om natten luskede rundt på ejendommen, og vi besluttede os for at sætte et kamera op derude. På den måde kunne vi også holde øje med selve vokseprocessen og ved sommerens udgang lave en video, hvor man kunne se, hvordan grøntsagerne voksede sig store og flotte. Det blev til en tradition. Undervejs på videoen kunne man se, hvordan den lette drivhusdør blev skubbet op af en stor, brun hare. Den var tosset med vores hjemmedyrkede salat og vendte gerne tilbage, så snart salaten var vokset sig stor endnu engang - og min frygt for grønsagstyven forsvandt. Faktisk forsøgte jeg at overtale bedste til, at salaten kun skulle dyrkes for harens skyld. Vi gik på kompromis, så det oprindelige salatbed forblev vores, mens der blev sået noget nyt i to krukker udenfor døren, som haren kunne tage af. Men den vidste godt, hvad den ville have, og der gik ikke længe, før både begge krukker og det store bed var ribbet for salat. Åh, hvor jeg dog savner følelsen af at være upåvirket. At være til med det formål at nyde tilværelsen.

De to blåmejse, der før sad i havens største og, formoder jeg, ældste træ og fløjtede med på sommerens melodier er krøbet indendørs. Jeg kan svagt se deres små næb klistret til ruden for det bedste udsyn til haven, der om lidt er helt perfekt at gå på jagt efter føde i.

Jeg stiller mig hen til busstoppestedet, hvor jeg kan stå i ly for regnen, men jeg er allerede drivvåd. Jeg sidder bare og swiper lidt på min telefon. Et skarpt lys bliver reflekteret i skærmen, hvorefter et brag runger hele gaden op. Min krop reagerer med et sæt og telefonen lander på jorden foran mig. Haven foran mit lejlighedskompleks ser ufatteligt tomt ud. Som om tiden er fløjet af sted, og årene har fået greb om stedet.

Havens konge. Havens liv. Havens komplette centrum står ikke længere solidt placeret i jorden. Nej, det ligger fuldstændig dødt og magtesløst på jordens overflade. Det formegentligt hundredår gamle træ, som førhen skabte havens essens, er livløs.

Det syn Niels Mogensen møder på vej op ad trapperne til sin hoveddør mandag eftermiddag er usædvanligt. Et langt skravl af en pige ligger i en ualmindelig akavet stilling lige midt på den i forvejen smalle trappeopgang. Hendes ansigt er dækket af langt, rødt hår, men hvis man havde bemærket hende, når hun dagligt passede sit 8 til 16 job, cyklede i fakta for at handle ind eller blot gik en tur for at rense hovedet, ville man have vidst, hvor blondt det plejede at være.

"Hallo du der. Gider du fjerne dig fra min dør!" Niels prikker hårdt til hendes blege, nøgne ben med sin stok, men hendes passive respons fornærmer ham.

"Det var da satans…" Han prikker til hende igen, men denne gang så hårdt, at træstokken sætter beskidte og røde mærker i hendes hud.

Hendes venstre arm ligger stift ud igennem gelænderet, med fingrene dinglende ned mod kælderetagen, som om hun i desperation forsøger at række ud efter noget.

"Godeftermiddag Hr. Mogensen, har du…" Lise fra toppen kommer væltende ind ad døren med hænderne fyldt op med indkøbsposer. Hun når ikke at færdiggøre den daglige replik, før indkøbsposernes indhold vælter ned af trapperne mod kælderen.

"Ja, jeg ved ikke, hvad jeg skal sige. Det skvat ligger lige midt på trappen, så man hverken kan komme op eller ned."

Lise slipper alt hun har i hænderne og går med lange skridt hen mod Niels og den unge kvinde, som flyder hele vejen op ad første trappeopgang. Hun står i flere, lange sekunder blot og kigger.

"Er det hendes hjerne, der ligger der?"

Niels læner sig med hele sin kropsvægt op ad stokken, mens hans anden hånd står bestemt i den venstre hofte. Han bliver mere og mere aggressiv i sit blik, og hele hans ansigt brænder af vrede.

"Altså, det kan kraft peter vælte mig da bare heller ikke passe, at jeg skal tage stilling til en … ja sådan en krøbling, som skal ligge der lige midt på mine trapper og klø sig i røven… Det må viceværten simpelthen tage sig af!"

Lise går over til den unge kvinde og fjerner hendes hår fra ansigtet. Hun skærer en grimasse og rykker sig væk i et sæt. Man kunne vel tale om, at denne mandag ikke kunne blive mere mandag, end den var i dag.

Lise kører sine lange røde negle igennem håret, mens hun fremfører et langt, opgivende suk. Hun siger ikke et ord i nogle sekunder men vågner omsider op fra sit mandagshumør, idet hun spotter Niels' hoveddør bag kvinden.

"Har du været inde i lejligheden?" Hun peger hen mod hans hoveddør, som står på klem. Han sukker opgivende og ryster på hovedet.

"Jeg har ikke været derinde siden i morges."

De står et par lange sekunder og kigger på hinanden uden at sige et ord. Deres tanker kredser uden tvivl omkring det samme.

"Når, men jeg må jo hellere få ryddet op efter mig", hun vender sig om på hælene og går ned ad trapperne, hvor hun samler både ødelagte og intakte vare op og kommer i posen.

"Niels! Der ligger jo en pistol!"

Hun samler den op og studerer den intenst.

"Hvad er det nemmeste, tænker du?" Hun kigger forventningsfuldt på Niels.

"Lyngby sø".

Hvordan er jeg havnet her, og hvor længe kan jeg mon ligge her uden at drukne? Jeg tror, jeg græder, men jeg er ikke sikker. Gad vide, om jeg overhovedet er i stand til at drukne? Jeg tror, at min hud ville være så opløst, at jeg ville være én stor flydende kødklump, før jeg overhovedet ville kunne fornemme en snært af, ikke at kunne trække vejret. Mine negle ville ikke have noget at hænge fast i længere, og de ville falde af sammen med huden. Jeg er rutineret i ikke at kunne trække vejret. Jeg fornemmer luften dykke ned under vandet, hvor den omfavner min hud. Den er tør og koldere end selve vandet. Jeg tror, at mine måske-eksisterende tårer er sivet ind under min hud og har efterladt røde plamager.

Normalt når jeg bliver kvalt, tager min hjerne over og fortæller mig, at jeg ikke skal være bange, fordi jeg jeg bestemmer, hvornår jeg slipper grebet. Men denne gang er det anderledes. Jeg bliver ikke sådan rigtig kvalt.

En arm kommer til syne fra vandets overflade. Den rækker ud efter mig, og jeg kan ikke dykke væk fra den. Hånden griber fat i min nøgne hud, som var det blot en T-shirt, jeg blev revet op i. Huden fra min brystkasse giver sig helt enormt meget. Den hud, der burde have dækket et par flotte, feminine bryster, men som aldrig valgte at gro ud. Armen hiver mig op, og først da jeg indånder luften, kan jeg ikke trække vejret. Jeg kan ikke åbne øjnene helt, så jeg fornemmer blot, hvem armen tilhører. Det ligner lidt en mand. En mand med langt hår, men ingen specielle ansigtstræk. Der hvor øjnene burde sidde, er der bare to mørke fordybninger. Hans næse er ikke til at sanse, og jeg ser svagt gennem mine smalle øjne en fuld udspilet mund, som lugter af alkohol og cigaretter. Han virker mørk og kold. Ikke som et rigtigt menneske. Idet mine øjne er ved at åbne, bliver jeg holdt under vandet, og pludselig kan jeg trække vejret igen. Mine øjne ser klart, og jeg føler mig bedre tilpas. Inden jeg når at tænke mere, gentager processen sig, og jeg er oppe i det, de kalder livet, endnu engang. Han hvisker, men det lyder som om, han råber. Han aer mig op ad halsen, men det mærkes som om, han prøver at strangulere mig. Han kysser mig på panden, men det føles som om, at han spytter på mig. Han kører fingrene igennem mit hår, men det forekommer mig som om, at han river hårtotter fra min hovedbund.

Det er tirsdag, og regnen er endnu engang taget til efter en ellers rolig nat. Solen er dækket til af mørkegrå skyer, hvilket gør strålerne helt matte at se på.

Inde i havnen sidder en flok havmåger og skriger. Ved siden af dem, er en hvid fiskekutter, med to midaldrende mænd ombord, ved at lægge fra kaj. Den tiltagende vindstyrke lader båden drive ud på søen, og vinden skriger som et lille barn. De to mænd nyder tilværelsen. Nyder naturens egne lyde. Verden er gået i stå endnu engang. Det gør den hver tirsdag for mændenes vedkomne. De eneste skrig der er at høre er vinden og vandet, der støder kraftfuldt sammen i intervaller. Bladene er så småt begyndt at falde af træerne og dækker nu vandoverfladen, så det ikke er til at se, hvad man fanger - men det er det, de elsker ved det.

Det er den ide om, at lade deres fangst være op til skæbnen, de er betaget af.

"Hvor langt ud, tror du, vi skal?" manden med en forkærlighed for jagt om torsdagen kigger intenst på sin makker.

"Vi fanger i hvert fald ingen geder herinde".

De driver længere ud. De kigger på hinanden med en psykotisk glæde i øjnene. De virker opstemte. De vælter til hver deres side. De ligger på bådens gulv på hver deres side af stålbordet.

"Hvad fanden var det?" siger manden der ikke tør lægge seksuelt op til sin kone efter 25 års ægteskab. De rejser sig brat op og stikker hovederne ud på hver side af båden.

"Der er noget i vandet! Skynd dig herover!" De samles på den ene side af båden, hvor de står ved siden af hinanden og kigger ned mod dybet.

"Hvad er det?" de kigger dumt på hinanden, som om deres hjerner stadig lå nede i bådens bund. Som om de aldrig havde set et dødt menneske før. Men de passerer i virkeligheden hver dag et utal af ikke-eksisterende individer. De går rundt overalt i København. Ja, faktisk overalt, hvor man kan trække vejret. Men de ved bare ikke, at nogle af de mennesker, de går forbi, de ikke længere trækker vejret naturligt. De mennesker fokuserer konstant på at holde gang i vejrtrækningsrytmen, for ikke lige pludselig at glemme det.

"Hent nettet!" Den jagtglade mand løber ned i kahytten og henter nettet fra Kvickly. Han stikker det ned i vandet men taber det, da en kvindes ansigt kommer til syne. Det er blåt og uigenkendeligt. Alle hendes ansigtstræk er forsvundet, og hendes øjne, næse og læber går ud i ét. Kun det lange lyse hår afslører kønnet.

"Vi skal have hende op." De hjælpes ad med at få hende hejst op i det store net, som er hægtet på båden.

Der bliver ikke udvekslet mange ord. Tavsheden har taget over. Hun er nøgen og hård som en sten.

Det er Mette fra Virum. Mette, som aldrig nåede ud af lejlighedskomplekset med livet i behold. Mette som nu lå helt opløst på en båd ude midt i Lyngby sø.

De to mænd kigger forvirret på hinanden, og det er tydligt at se, de ikke har oplevet noget lignende før. Det stråler også ud af dem, at de nyder det en smule.

Manden der ikke tør lægge seksuelt op til sin kone efter 25 års ægteskab spørger manden med en forkærlighed for jagt om torsdagen; "kan du ikke tage hende med på torsdag?" Han tænker lidt for sig selv men trækker afslutningsvist let på skuldrene og siger; "jo, det kan jeg vel godt. Under jorden generer hun jo ikke nogen."

Jeg har aldrig prøvet at blive begravet død. Levende, mange gange. Men at få kastet jord over sit ansigt, mens man praktisk talt er død, det føles anderledes. Det kilder lidt, når de små sten rammer min hud, og følelsen af at skulle klø sig er værre end følelsen af stille og roligt at mangle luft. Det er utrolig provokerende ikke at kunne flytte min krop som det passer mig. Jeg tror, jeg foretrækker at blive druknet.

Mit hår har efterhånden haft mange farver indenfor de seneste par døgn. Nu er det brunt. Jeg forsøger at åbne min mund – bare for sjovt, for at se, hvor meget jord, jeg kan have i den, men det lykkes ikke. Jeg kan ikke bevæge mig. Overhovedet. Mine øjne er presset i, og min hjerne fortæller mig, at det gør lidt ondt. Men ikke noget, jeg ikke kan klare. De små sandkorn føles som om, at nogen rører mig. Hvilken ironi.

Jeg kan nynne, så jeg nynner. Jeg nynner lidt højt, synes jeg selv, men der kommer ikke nogen denne gang. Jeg må være helt død nu.

Jeg har ikke ondt af mig. Det skal man ikke have, fordi det nytter ikke noget. Hvis jeg virkelig kæmpede. Hvis jeg virkelig havde kræfterne til det, så ville jeg bryde ud gennem den tykke jord. Men viljen er der ikke. Jeg har det fint hernede.

Gad vide, hvad klokken er. Gad vide, hvor lang tid der er gået fra, at jeg gik ud af min lejlighed til nu.

Den eneste negative følelse jeg har i min krop lige nu, er følelsen af ikke at vide, om de mangler mig på arbejdet. Har de mon ansat en ny? Er der overhovedet gået nok tid til, at jeg skulle have haft en ny vagt? Har nogen mon bemærket mit fravær?

81

Mit sind vil have mig til at græde, men jeg kan ikke. Min mave kramper sammen, og det føles som om, at alt min indvolde samler sig lige midt i brystet og snor sig omkring mit hjerte som en kvælerslange. I takt med, at det bliver strammere og strammere, pumper mit hjerte mere og mere. Mit indre er presset til det yderste, og jeg undrer mig over, hvordan jeg kan føle smerte, når jeg er død. Den kæmpe slange danner et skjold for min sjæl, så den ikke kan svæve ud, selvom jeg ved, at tiden er inde til det.

Jeg nynner stadigvæk, men det lyder nærmere som en blanding af lyden af smerte og en orgasme nu. Jeg har ingen kontrol.

Der var engang, hvor jeg kunne sidde oppe hele natten med musik i ørene og en pakke cigaretter ved hånden. Jeg havde mit eget Lucky Strike-koncept en gang om måneden, og følelsen af at forsvinde hen var den mest tilfredsstillende følelse, jeg kan erindre. Jeg forsøger at frembringe den.

Jeg fornemmer, at noget fletter ind i mine fingre. Min hånd bliver klemt på en betænksom måde, og jeg forsøger at klemme tilbage. Jeg tror ikke, jeg egentlig gør det, men jeg får en respons tilbage, som signalerer, at det blev registeret. En kold og kildende fornemmelse rør min hud, som om en arm lå op ad min. Min kontrol vender langsomt tilbage til mig. Jeg kan bevæge min pegefinger forsigtigt op ad den hånd jeg holder i, og det går op for mig, at jeg mærker en følelse af genkendelighed. Hånden er lille, ligesom min. Neglene er korte, ligesom mine. Der er små neglerødder omkring neglene, ligesom på mine.

Nogen passer på mig. Nogen ved, at jeg ligger hernede. Nogen vil sende mig godt på vej.

Og så lige pludselig mærker jeg det, forløsningen - hvordan grebet om mig slipper. Mit hjerte falder helt ned i underlivet, og en tåre presser sig gennem mine lukkede øjne – er det nu, min sjæl forsvinder?

Der er fuldmåne og en midaldrende kvinde kan ikke sove i nat. Om det er månens skarpe lys gennem soveværelsesvinduet eller hundes gøen, der holder hende vågen er ikke til at sige.

En lang aftentur med den store labrador gennem nattens mørkklædte skov. Stjernerne og hundens gode stedsans viser dem vej. Hun har sin telefon med, men betror sig sin fører.

Der er ikke en lyd at høre ud over træernes stille hvislen. Kvinden ved ikke, at under hende et sted i Geels Skov ligger en ung kvinde begravet. Den unge kvinde forsøger ikke at komme op. Hun banker ikke på jorden for at få hjælp, men labradorens formidable lydsans spotter hendes nynnen. Det store dyr river sig løs af sin ejer og forsvinder flere hundred meter ind i skovens Mordor-lignende dyb.

Den graver, som den aldrig har gravet før. Den behøver ikke at grave særlig dybt, før et fugleskræmsel kommer til syne. Før Mette kommer til syne. Hunden snuser til hende. Den skubber til hende med snuden, som om den forsøger at vække hende til live igen. Hun reagerer ikke. Hunden bider fat i hendes hud og river hende op af hullet, så hun ligger helt nøgen på skovbunden. Den går lidt frem og tilbage, mens den udstøder små desperate hyl. Den lunter rundt om hende men stopper så pludselig meget brat op og kigger intenst på hende endnu engang. Den sidder der længe, snuser så endnu engang, løfter benet og pisser hende lige i ansigtet.

Solen har taget over for månen, og Geels Skov er vågnet. Jeg kan åbne øjnene, og jeg kan mærke forfrysninger på mine tænder, når jeg indånder. Jeg indånder. Jeg indånder, og det føles rart. Jeg stirrer direkte ind i solen uden at blinke og bevæger langsomt blikket hen på trækronerne, som står skarpere end nogensinde før. Solens lys har ikke blindet mit syn, men gjort det klarer. Mine sanser er så kraftfulde, at jeg kort undrer mig. Jeg gnider mine fingrespidser sammen, og berøringen giver mig kuldegysninger. Min hud mærkes blød og glat, nærmest som om den er våd. Jeg kigger ikke, men føler bare. Lader min hånd glide langsomt ned over armen, videre hen på maven, op langs brystet og hele vejen op ad halsen til ansigtet. Jeg lukker øjnene et minut, hvor jeg bare føler mit ansigt. Jeg mærker stadigvæk bare glathed. Blødhed. Ingen træk. Ingen hår. Ingen udbulinger. Ingenting. Jeg burde vel undre mig, men jeg magter det ikke. Jeg er lettet, og jeg føler mig tilpas, præcis som jeg ligger her. Mine hænder lander på jorden, hvor jeg sætter fra til at sætte mig op. Min ryg siger en knirkende lyd, idet jeg retter den ud. Det er så tilfredsstillende en følelse, at jeg rejser mig direkte op, så resten af min krop får samme tur. Jeg står på mine fødder. Jeg står på mine fødder uden at holde i nogen som helst. Før jeg aner af det, står jeg i den anden ende af skoven. I den del af skoven, hvor jeg altid finder ro. Lige præcis på det spot, hvor solen rammer klokken elleve om formiddagen. Jeg mærker varmen sive ind under min hud, åbner munden og råber alt, hvad jeg nogensinde har lært. Jeg råber så kraftfuldt, at det ikke ville komme bag på mig, hvis mit stemmebånd pludselig lå på jorden foran mig. Det giver jag gennem min krop, og mit hoved banker. Min kæbe bliver så udfordret, at den giver små knækkende lyde. Det er helt fantastisk. Jeg kan føle det.

Jeg lader mine arme, som før var højt over hovedet på mig, falde ned langs siden, hvor jeg mærker på mine bukselommer. Jeg ved, at tiden er inde nu. Jeg ved, at min sjæl har brug for min hjælp til at finde ud. Jeg har ventet på dette øjeblik.

Men de er helt flade. Bukselommerne. Jeg huske ikke rigtig noget, men jeg ved, at den højre lomme burde være hård. Hele hensigten med at bevæge mig ud af lejligheden afhang af, at den lomme var hård.

Jeg står foran lejlighedskomplekset. Det gule lejlighedskompleks bag tanken i Virum, hvor den øverste altan er min. Jeg åbner døren, ind til nummer 8A og går op på anden. Står i min stue og kigger ud ad vinduet.

Jeg går ud på altanen, hvor min tekop, som det eneste, står solidt placeret på bordet endnu. Jeg går hen og stirrer på den. Der er ikke længere te deri. Væsken er helt klar, og jeg kan heller ikke spotte sukker i bunden. Jeg løfter koppen op tæt på mit ansigt og puster, så vandet bevæger sig. Pludselig ser jeg mig selv på vej ned af trapperne for mig og smiler. Min lomme var tom. Men den var helt bevidst tom, fordi jeg allerede havde tømt den, da jeg nåede stueetagen forleden dag. Jeg havde gjort det, som jeg ikke ville risikere, at nogen anden nogensinde skulle have æren at gøre.

Jeg holder vejret, vender koppen rundt og lader vandet ramme altangulvet hårdt under mine fødder.

"Ingen kan klare alt slags vejr."

V

Ham

...

Gad vide, hvor lang tid der går, før den kvælende fornemmelse af et badeforhæng løber op og bliver til en varm og fyldestgørende følelse af tykt blod, der strømmer gennem kroppen med retning mod tæerne. Gad vide om min rådne krop får min nabo til, for første gang, at banke på døren ind til min lejlighed på tredje sal, eller om han i stedet kontakter en skadedyrsbekæmper, som må tage sig at stanken, der holder ham vågen om natten. Gad vide, hvad de gør af mit lig, når de opdager, at jeg ikke selv har truffet nogle beslutninger ved mit dødsleje. Jeg tror, de sender mig til det lokale krematorium, hvor en tyk og træt, halvskaldet krematør sukker opgivende ved synet af min nøgne og mishandlede krop, der bliver båret ind på et koldt aluminiumsbord, hvor det ene hjul piver, mens de resterende tre lyder så trætte, at de til enhver tid kunne falde af. Efter at have spildt sin tid på at destruere min spinkle krop, bliver jeg fejet sammen af et hæsligt, gult og lilla fejebakkesæt fra Søstrene Grene og hældt direkte ned i aluminiumsskraldespanden, som i løbet af årene har samlet sig mug i bunden. Væk er jeg, og tilbage står mine stakkels familie med en tom opsparingskonto. Alt sammen fordi jeg lukkede en fremmed indenfor min dør en søndag aften i december.

Søndag eftermiddag, og jeg er næsten lige stået op. Jeg tænder kalenderlyset, som ikke har brændt hele weekenden, med min venstre hånd. Min højre dunker, og både farven og formen på den ser unaturlig ud.

Jeg sætter mig i sofaen og nyder at kunne mærke, jeg lever. Mine vinterstøvler har sat så dybe mærke på mine tær, at strømperne hænger fast, og mit lår deler samme farve som min hånd. Jeg har været i bad, men mit hår lugter stadigvæk af røg. Mine negle er nedbidte – mere end normalt.

Jeg lægger mig ned til følelsen af i går aftes begivenheder. Jeg frembringer hans duft. Jeg frembringer mindet fra i går efter festen, som allerede er blevet en erindring.

Han kiggede anderledes på mig. Han kiggede på en måde, han ikke plejer at gøre det på. Som om hans øjne var større, end de plejer. Mørkere end de plejer. Rarere end de plejer. Mit hår dækkede for mit ansigt, hvilket normalt ikke generer ham - tværtimod. Men i går - i går lænede han sin tunge, veltrænede krop ned over min, lagde sit hoved ind til min nakke og sine fingre op til mit ansigt, for blidt at fjerne håret derfra. Han kiggede på mine øjne. På mine læber. Han kiggede på mit ansigt. Mit lille, forsigtige ansigt. Åh, det var alt sammen så intenst. Han lod sine læber røre mine på en anden måde end normalvis. Jeg havde åbne øjne imens, men hans var lukkede. Det plejer de ikke at være. Han var smuk. Smukkere end jeg husker. Han lod sine hænder tage fat om mit ansigt, ikke min hals. Han aede mig, og hans krop lå stille på en måde der signalerede, at han ikke havde travlt. Han vendte mig sågar rundt, så vores maver rørte hinanden, men det jeg bemærkede mest, var hans puls, som faldt, og faldt, og faldt. Min smalle krop blev indrammet af hans overarme, som var blevet lagt på hver side af mig. Han maste mig ikke, som hans instinkter normalvis plejer at få ham til. Han klemte mig på en måde, jeg følte, hans følelser fortalte ham, at han i stedet skulle gøre.

I går var jeg lykkelig en lille stund igen. Bare lige et par timer, hvor jeg følte mig vigtig - og så nu, nu rammer den dårlige samvittighed. Savnet. Sorgen. Ulykkeligheden over at have mistet ham, jeg troede var mit livs kærlighed. Nu husker jeg, hvorfor jeg har ladet Alex bruge min krop som en Lolitadukke de sidste par måneder. Tabet er for stort. Jeg kan ikke sove alene mere. Jeg kan ikke se på min krop uden at se på ham. Tatoveringerne på mine arme er som uendelige portrætbilleder af ham. Han er hele min underbevidsthed, og i går lod jeg ham drive ud i fysisk form – jeg så ikke Alex. Jeg så ham. Alex' ansigt er flot, men hans er ubeskrivelig smukt.

Jeg sætter mig op i et sæt, og smerten fra mit sind bevæger sig ud i min krop og giver mig moralske tømmermænd.

Det regner udenfor, selvom det burde sne. Det er kedeligt. Gråt. Trist. Deprimerende.

"BANK, BANK, BANK" … Jeg bevæger mig i langsomme skridt ned i entreen, hvor jeg, efter et par dybe vejretrækninger og forsøg på at holde kvalmen nede i halsen, åbner hoveddøren.

"Mia Simonsen?" En lille buttet mand med blå uniform og kasket rækker en pakke frem mod mig.

"Ja. Ja det er det." Jeg ser længe på pakken, og kigger først op, da manden rømmer sig. Han står med en lille skærm og en pen hen mod mig, og jeg skriver under, lukker døren og sætter mig på trappen op mod køkkenet.

En sort, våd plet rammer pakken, og jeg tørrer tårerne under mine øjne væk. Den er blød, og jeg ved allerede, hvad den indeholder.

Det er omkring tre måneder siden, vi ødelagde hinandens liv. Cirka tre måneder siden, vi reinkarnerede. Vi lagde os den nat for tre måneder siden til at sove som ét, men vi vågnede som to, og vi så aldrig skyggen af hinanden igen. Jeg hørte aldrig fra ham igen, så mit nye jeg drog ud i verden – jeg opfatter det som en fornuftig pilgrimsfærd, hvor jeg hele tiden var oppe at flyve af bare lykke, frihed og en smule mani. En rejse, hvor mine tanker drog bort og lod min krop gøre, præcis som den ville.

Lod hjernen koble fra og glemte så inderligt, at det er den, der kontrollerer min krop. Min omgangskreds kalder det begyndende alkoholmisbrug, men jeg er sikker på, der må ligge noget andet bag. Jeg er sikker på, at reinkarnationen virkelig fandt sted den nat for tre måneder siden.

"Hvordan har du det?" Cecilie står ude foran forsamlingshuset med en cigaret i hånden. Hun går mig i møde og krammer mig.

"Det går fint". Men hun kender mig godt nok til at vide, man ikke kan stole på mig.

"Du har det ad helvedes til, og du ligner ærlig talt lort". Vi kigger på hinanden uden at skære en eneste grimasse.

Jeg klemmer hende på armen og giver hende et kindkys.

"Jeg går lige ind og hilser".

Der står han. Alex. Jeg krammer hele lokalet hej, men da jeg når ham, standser jeg og kigger op på hans ansigt.

"Er du blevet klippet?" han kører fingrene gennem håret og smiler med lukket mund.

"Får jeg ikke en krammer, eller hvad?"

"Du får det hele gør du. I aften." Jeg klemmer øjnene en smule i, holder dyb øjenkontakt og viser ikke en eneste form for glæde i mit ansigt.

Det begynder at blive mørkt og Vor Frelsers Kirke runger hele Christianshavn op med sine fem skingre toner. Jeg kan spotte toppen af guldspirret, og det minder mig om tatoveringen på hans ben. Det minder mig også om maleriet, han havde malet i butikken, som så smukt plejede at hænge over vores mørkebrune plankebord inde i stuen.

Jeg har udsigt til et andet lejlighedskompleks ud af køkkenvinduet. Bygningerne ligger relativt tæt på hinanden, og man ejer ikke meget privatliv. Jeg fylder et glas med koldt vand, bunder det og kigger stirrende ind ad vinduet overfor mig. I loftet hænger en 57.000 kroners Poul Henningsen lampe. Den er lidt slørret, så jeg gnider mig i øjnene. Lampen har forvandlet sig til en midaldrende mand i jakkesæt og slips. Hans arme hænger tungt ned langs hans smalle krop, og hovedet er placeret lige i midten af hans skuldre. Ikke en centimeter den ene eller anden vej. Langsomt trækker han den ene arm op mod hovedet, strækker fingrene ud og dækker for halvdelen af ansigtet. Processen gentager sig med den anden arm. Han fjerner så hænderne igen og til syne kommer et anderledes ansigt. Det har en markeret kæbe, skægstubbe, en næsering i højre næsebor, halvstore stretch i begge ører, store fyldige læber og en fin lille hage. Det er ham. Han står lige der og vinker til mig. Han står lige der og hjemsøger mig. Han står lige der og skyder sig selv i hovedet, lige foran mig. Jeg kan nærmest mærke, hvordan blodet fugter mit ansigt. Hvordan eksplosionen borer sig ind i min hjerne, som var det mig, han havde skudt.

Jeg ligger på gulvet med en hamrende hovedpine. Jeg kan ikke huske, hvordan jeg havnede her, men jeg rejser mig op og kigger ud. Lampen hænger der endnu engang og i vinduet, er der klistret røde julehjerter, snefnug og nisser fast.

Uden at fjerne blikket fra vinduet overfor mig lader jeg min hånd bevæge sig hen til brevet, som ligger på køkkenbordet foran mig. Jeg finder en kniv i skuffen, stadig uden at kigge, og skærer brevet op. Præcis som jeg regnede med, ligger den der. Han har ikke skrevet siden han flyttede tilbage til Århus, men jeg vidste det bare. Ikke engang et brev medfølger. Jeg flytter fingrene op foran ansigtet. Først er de slørrede, da mit fokus endnu er på lampen. Jeg lukker mine øjne blidt i, og da jeg åbner dem igen står husnøglen i mine fingre knivskarp for mig. Jeg kan ikke hade ham, fordi jeg elsker ham. Men jeg foragter måden, hvorpå han lod alting være op til mig, fordi han ingen beslutninger selv kunne tage. Måden hvorpå han aldrig kæmpede den kamp, jeg forgæves forsøgte at få os til at vinde. Den smerte han forvoldt mig, den dag for tre måneder siden, da han fravalgte mig i sit liv, fordi han ikke magtede at deltage i kampen. Og nu står jeg her og kigger på vores møbler, som hver dag minder mig om, at jeg er en man opgiver.

"Vi skal sku da lige smage på den snaps der, skal vi ikke?" Cecilie åbner op for en af læsegruppernes hjemmelavede snaps, og lugten af bacon og rødkål stikker mig i næseborene.

"Ja det er sku ikke mig du skal kigge sådan på! Ikke mig, der har lavet den", hun griner og nikker over mod Alex, som står med armen over Fie og griner.

Jeg smiler til hende og skåler. "For endnu en aften, hvor vi fucker op." Jeg sætter læberne på glasset ...

"... og!" hun stopper mig i at drikke, "... og for endnu en dag i morgen, hvor vi fortryder!" Vi trækker begge på skuldrene og erkender, at det ender sådan.

"Skål min skat".

Det går op for mig, at jeg ikke skal op på uni i morgen, og det er som om, at hovedpinen forsvinder en lille smule. Som om jeg føler mig mentalt klar til endnu en aften ude. Jeg føler mig maniodepressiv, fordi straks skriger stilheden mig ind i hovedet fra alle sider. Det er den værste støj, jeg nogensinde har været i. Den taler de ord, de sætninger, som aldrig blev sagt. De ord, han burde have brugt.

For første gang i mit liv forstår jeg, hvad det vil sige at være hypokonder. Smerten i min krop sender mig konstant til lægen, som gang på gang sender mig hjem igen. "Du fejler ikke noget", siger hun igen og igen. Men jeg ved, jeg fejler noget. Jeg fejler hele mig. Jeg mangler hele mig, og jeg ved ikke, hvilken medicin, der kan kurere det. Indtil videre benytter jeg mig bare af noget midlertidigt. Sex og alkohol. Meget sex. Meget alkohol. Så meget sex at jeg er blevet billig. Så meget sex at jeg er blevet dranker. Jeg lægger mig endnu engang fladt på ryggen.

Jeg kan mærke hans ånde på min nakke. Jeg kan høre ham hviske, at han elsker mig. Hans rug hænder rør min kind, og jeg kan spotte rosen på hans hånd. Hans ring føles kold på min hud. Jeg lukker øjnene. Ørnen, som er graveret ind i guldet, tager mig tilbage til den lille smykkebutik i Marmeris for fire år siden. Jeg ser ham for mig. Jeg ser ham stå med sin nye, hvide stråsommerhat på. Kun han kan bære sådan en uden at virke fjollet. Begge hans næsepiercinger er groet ud gennem næsen på ham igen, og håret, der stritter ud fra hatten, er blegt. Jeg ved at han under hatten er skaldet i siderne. Han bevæger sig hen mod mig med et uskyldigt blik, som kun han kan give mig. Præcis dette blik er det eneste, jeg har set, som kan få min krop til at blive blød og smelte sammen. Han vender ansigtet en smule nedad og på skrå, mens han lader sine øjne føre opad. Hans underlæbe dirrer, og jeg ved, at han om lidt fremstammer ordene "når otæy". Det er internt, ikke noget jeg kan forklare. Det betyder bare 'når okay', men giver ikke rigtig mening. Det var bare vores ting, hvis man kan sige det sådan. Man skulle nok have været der.

Jeg lægger min pegefinger op til mine læber, stadig med lukkede øjne, i håbet om, at støde på hans, inden jeg når mine egne. Min finger bevæger sig langsommere og langsommere, fordi jeg begynder at kunne fornemme, at den første mur jeg rammer bliver mine egne. Og bum. Der var de. Mine læber, der, som resten af

101

mine lemmer, er fængslet inde i ham. Jeg åbner øjnene og får øje på loftets brædder.

"Hvorfor forlod du mig". Sætningen behøver ikke et spørgsmålstegn.

"Hvorfor finder du dig i det der?" Jeg behøver ikke engang at vende hovedet for at vide, det er Alex, hun snakker om. Jeg trækker bare på skuldrene og smiler nonchalant.

"Det rager ikke mig, hvad han laver", siger jeg køligt.

"Sig mig, er det ikke dig, han ligger og knepper? Så er det vel for fanden også dig, der bestemmer, hvem han står og prøver at score... Ja, du må undskylde mig for at tænkte højt, men for helvede da også... Han skal ikke tro, han bare kan få dig, når han lige har lyst".

Jeg rejser mig op med min øl i hånden og tager mine cigaretter op ad tasken. "Vent lige her".

Jeg tager mit fineste og mest overbevisende pokerface på og bevæger mig i mit eget tempo over mod Alex, men forbi ham og direkte hen til Jonas.

"Skal du ikke med ud og ryge?" spørger jeg ham på den mest sexede kom-med-ud-og-røvpul-mig-måde, jeg har lært de seneste par måneder. Vi går udenfor, og jeg mærker, Alex´ blik forfølge mig hele vejen. Jeg kan nærmest mærke hans arrigskab som en boble rundt om mig. Jeg drejer af lige inden hoveddøren og trækker Jonas med ind på badeværelset, hvor jeg giver ham en tur, han aldrig glemmer. Eller nogen anden i hytte for den sags skyld.

Da vi kommer ud fra toilettet, drejer vi hver vores vej – han går udenfor, mens jeg betræder den røde løber hele vejen ind i fællesrummet, forbi Alex og tilbage til Cecilie. Hun stirrer imponeret på mig, ja nærmest stolt.

"Var den ikke lige grov nok?"

"Hvis du havde været sammen med Alex, ville jeg være mere sur på dig, end på ham". Flammerne står næsten ud af ham, men inde bag kan jeg fornemme en blanding af beundring og betagethed. Dybt inde bag.

"Jeg giver det et kvarter".

Jeg kan ikke stoppe med at tænke på, hvor forfærdeligt ondt det gør, pludselig ikke at kende en, som man førhen kendte bedre end sig selv. En som man førhen dagligt overgav sig hundred procent til. Det smerter i hele min krop at vide, jeg ikke længere er tilstrækkelig og aldrig mere skal se hans ansigt igen. Jeg tror ikke, jeg er død, men nogle gange når jeg ligger her i vores sofa og kigger op i loftet, bliver jeg i tvivl. Lige nu vil jeg helst være i smerte med ham, end jeg vil være lykkelig uden ham. Senere er det sikkert en anden historie, når sofaen ikke længere er en, der minder mig om ham.

Jeg ved ikke, hvad jeg gør galt, men blomsterne i min vindueskarm bliver ved med at visne. Jeg drukner dem konstant.

"BANK, BANK!" to bank lyder på min hoveddør. Jeg havde ikke glemt, at han kom, men klokken er åbenbart allerede nitten. Jeg ville ønske, at det var min mors blide hånd, der bankede på den anden side, men jeg skal ikke se hende og far før om fjorten dage – indtil da er jeg helt alene. Jeg savner at kunne høre nogen rumstere rundt i værelserne ved siden af, som da jeg boede hjemme, men mine teenagerminder hænger skjulte bag tapetet overalt hos dem. Han hænger overalt, og han kvæler mig, så snart jeg træder indenfor.

Jeg vikler morgenkåben rundt om mig, og strammer godt om maven. Åbner så døren.

"Hejsa!" han smiler til mig, og jeg byder ham indenfor.

"Vil du have noget at drikke? Te, kaffe, vand?"

"Åh, ja tak, har du en cola?" jeg åbner køleskabet og glor ind i tomheden. En cola. Flabet.

"Der var du heldig. Værsgo". Jeg rækker ham min sidste cola, og han nikker på en autoritær måde. Han bevæger sig hen til stuen, hvor han stiller sig foran vinduet og kigger ud med den ene hånd i lommen, mens han tager en slurk af sin cola med den anden.

"Det er godt nok en lækker lejlighed! Har du boet her længe?" han virker pludselig, helt som jeg huskede ham fra i går.

"Nej, ikke rigtig. Min kæreste og jeg gik fra hinanden fra tre måneder siden, og så flyttede jeg herhen". Han nikker og smiler.

"Jeg håber, det var dig der forlod ham". Jeg kan mærke en snært af utilpashed vandre rundt i kroppen på mig igen. Han sætter sig i sofaen og hopper lidt op og ned i den, mens han fniser på en måde, der får hans øjne til at knibe sig unaturligt sammen.

"I har sikkert kneppet meget i den. Har jeg ret?" Jeg kigger på ham og åbner munden, men der kommer ingen lyd ud.

"Det gør ikke noget, hvis i har. Det er bare en bonus".

"Du kan få den for tolvhundrede, som vi aftalte. Den var dyr fra ny og fejler ikke noget".

"Sæt dig lige ned", han klapper på puden ved siden af ham.

"Jeg står fint her, tak". Hans ansigtsmimik er konstant, og jeg kan ikke gennemskue ham. Jeg når knap nok at blinke, før han står ved siden af mig, med hånden om min hals. Hans ansigt er så tæt på mig, at jeg kan lugte hans cigaretånde. Han kigger overlegent på mig, og hans smil er væk. Øjnene er lukket halvt i, og hans tunge bevæger sig langsomt ud på læberne. Han bider sig i læben og klemmer omkring min hals.

"Læg dig ned, når jeg beder dig om det". Han slipper grebet og skubber mig så hårdt ned i glasbordet, at jeg fra det tidspunkt ved, at jeg skal dø i aften. Jeg kan ikke mærke min krop, og jeg forestiller mig, at min ryg er brækket. Jeg tør ikke fjerne blikket fra ham, og han gengælder følelsen. Han er intens. Mens jeg kæmper med at holde mine øjne åbne, hører jeg fjernt en stemme råbe. Hans mund gaber højt og bevæger sig hurtigt. Jeg kan ikke forstå, hvad han siger, og jeg kan se, at det frustrerer ham. Et splitsekund efter ligger han ovenpå mig, men uden at røre mig. Han holder sin krop et par centimeter over min og så, pludselig smadrer han den ned så smerten i min ryg bevæger sig i et jag op til mine skuldre og nakke og hele vejen op i hovedet og ud i tæerne. Han griner psykotisk. Rejser sig op. Bevæger fødderne frem og tilbage, som grundtrinene til en dans. Hans arme løfter sig op over hovedet, hvor han samler hænderne som en hammer. Han åbner munden så meget, at hans drøbel til en hver tid kunne knække af, og så sker det. Alt bliver sort.

"Et kvarter, sagde du? ... Det er gået ni minutter din fucking champ".

"Vil du ikke lige med ud og snakke?" Alex kigger tiggende på mig, præcis som han altid forventer, jeg gør ved ham. Men ikke i aften. Ikke i nat.

"Jo da", siger jeg, som om intet er hændt. Jeg griber min jakke og sikrer mig, at mine smøger er der i, inden jeg følger efter. Allerede halvvejs ude i gangen lægger jeg en cigaret mellem mine læber og tager lighteren frem.

"Hvad så?" jeg kigger uinteresseret på ham, mens jeg tager et stort hvæs.

"Skulle vi ikke hjem sammen i dag?"

"Jo, det tænker jeg da. Var det ikke planen?" han trækker på skuldrene og nikker. Han ser ikke særlig glad ud, og hans store nakke er spændt. Han nævner ikke Jonas' navn en eneste gang. Han forsøger ihærdigt at genvinde værdigheden, men det lykkes ham på ingen måde. Han er så pisse lille at se på, og jeg fryder mig ved synet.

"Jeg tror ikke, jeg bliver ret længe i dag, så måske vi bare kan rykke det til en anden gang?" jeg elsker at se ham krympe.

"Jo helt sikkert. Tror også gerne jeg vil videre i byen faktisk. Så det passer mig rigtig fint!" Han skal lige til at åbne munden, da vi bliver afbrudt af en mandestemme fra cykleskuret. En mørk skikkelse bevæger sig hen mod os, og da han kommer tæt på, reagere Alex ved at give ham et kram. Hans ydmyge udtryk ændrer sig til det klassiske Alex-udtryk.

"Hvad så mand? Hvad laver du her?" han løfter brystkassen frem og lægger en arm om mig, som om han ejer mig. Hans ven kigger betænksom på mig og smiler. Jeg vrider mig ud af Alex' arm og rækker hånden frem.

"Mia".

"Simon", svarer han med en gnist i øjet. Der er stille et par sekunder.

"Jeg kom bare for at høre dig om den sofa der?"

"Når ja, det glemte jeg da alt om igen. Det er jeg sku ked af bror, men den er blevet solgt".

"Mangler du en sofa?" jeg kigger spørgende på Alex' ven.

"Ja, det er lige det sidste der mangler i lejligheden".

"Altså, jeg har en du kan få for tolvhundred. Det er sådan en ret stor chaiselong sofa. Den er mørkegrå."

"Det lyder da ikke dårligt! Er du sikker?"

"Ja, jeg skal have en ny, så skal alligevel af med den. Jeg er hjemme i morgen aften, hvis det er?" jeg kigger spørgende på ham.

"Ja, men altså helt sikkert!" Jeg giver ham min adresse og føler en lettelse ved tanken om, at den sofa vi altid sad sammen i endelig skal ud af mit liv. Jeg kysser Alex på kinden og vender mig om.

"Skal du ikke med ind?" Han nikker og følger efter mig.

"Mia? Bor du alene? Vil gerne lige tage en vin med som tak". Jeg fniser og nikker, og på det tidspunkt føler jeg mig mere manipulerende overfor Alex end nogensinde før.

Gid jeg ikke havde ladet denne følelse overskygge alle de varselslamper, der i virkeligheden stod og skreg efter min opmærksomhed.

...

Hvordan føles det mon af dø. At vide, at dette åndedrag bliver det sidste man udånder. At vide, at ham, der står på den anden side af badeforhænget, med hænderne viklet ind i det, nyder dette syn. Dette syn af at se en naiv samfundsfagsstuderende lade livet, fordi hun åbnede døren for en fremmed. Fordi hun var uforsigtig. Hvis skyld er det, at jeg ligger her? Er det min? Er det ham på den anden side? Er det din? Jeg ved, at jeg lod min styrke for at kæmpe blive min svaghed for at give op. Jeg kæmpede for dig, men den var for hård på egen hånd. Jeg kæmpede for at blive glad igen, men du hjemsøgte mig. Jeg kæmpede til sidst for mit liv, men han var stærkere end mig. Mine kræfter var opbrugt. Det var tydeligt at mærke, hvordan han blev opstemt ved synet af min kamp for livet. Og tydeligere at se, hvordan min overgivelse til døden gav ham udløsning.

...

"Jeg lod dig fængsle mig, fordi min kærlighed var ubetinget. Jeg sagde det jo helt fra starten af, min skat. For dig vil jeg dø.

... og jeg ville uden tvivl gøre det igen".

VI

Den sidste novelle

...

Jeg mærker sommerfugle i min mave, og mine mundvige vil ikke stoppe med at pege opad. Jeg har skiftet det høje glas ud med en kop, og tekanden har erstattet vinflasken. Mine tanker cirkulerer ikke rundt om modstanden i mit liv, men om de privilegier ingen mennesker er udstyret med som en selvfølge – de privilegier, som jeg besidder og hver dag burde være taknemmelig for. Starter fra i dag.

Kronelysene brænder langsomt i vindueskarmen, og de fire styk er blevet fordoblet på grund af spejlbilledet i vinduet. Det er blevet mørkt udenfor, husene er blot sorte skikkelser i det fjerne, men himlen er stadig lidt blå. Stjernerne har endnu ikke kommet til sin ret, men der går ikke længe, før stearinen i min stue får selskab af himlens små liv. Min krop er ikke presset længere. Hjertet banker ikke hurtige slag. Jeg har ikke tankemylder. Det eneste jeg tænker på er livets privilegier. Mit livs privilegier.

Jeg lader mine hænder bevæge sig synkront op foran brystet med håndfladerne forrest. De ryster ikke. Nej, de står fuldstændig stille, og mine negle er ikke nedbidte. Monstret, der normalvis ligger på lur under sofaen eller bagerst i skabet, sommetider under sengen eller bag døren, har fået nok. Jeg kan lukke mine øjne, mens jeg sidder her og skriver med kun lyset fra den levende ild flimrende i baggrunden. Mine øjenlåg ryster ikke, og jeg er ikke på vagt. Min vejrtrækning er normal, ja faktisk næsten roligere end normalvis. Det er utroligt, hvordan mit sind giver mit syn lov til at kigge ét sted ad gangen uden at være angst for det, der kunne ske et andet sted i rummet. Mine øjne flimrer ikke, og mine øjenlåg kan lukke uden at ryste. Denne følelse leder mig i retning af tilfredshed. Taknemmelighed. Den leder mig i retning af nærvær og nysgerrighed. I retning af en ekstase, hvor min krop ikke længere er en betingelse for min sind. Jeg giver slip, det samme gør min krop, og jeg bliver varm. Jeg sidder længe og kigger ud i luften.

Det føles i hvert fald længe, før det går op for mig, at lyden af dråber ikke kommer fra den utætte håndvask men fra min krop, som jeg for få minutter siden havde besluttet var frigjort fra mit sind. Min krop drypper på gulvet. Drypper rødt. Drypper næsten sort. Drypper blod fra mit bryst. En patron har revet mine ribben over men lige akkurat ikke ramt den følelse af taknemmelighed, som fra i dag af havde boret sig hårdt ind i kroppen på mig. Jeg dør i aften, men følelsen sidder der endnu, og trods personen bag mig har destrueret min krop, vil vedkommende aldrig kunne flå mit sind. Personen i entreen ramte nemlig forbi, og det hele var planlagt.

Det er en aften i maj. Torsdag, og klokken er snart seks. Der har været atten grader udenfor i dag, men jeg har ikke nydt af det på grund af skolearbejde på mit ni kvadratmeters store værelse. Vi snakker over Skype. Solen står først på altanen ved firetiden på denne tid af året, så jeg har ikke engang kunnet flygte derud.

"Jeg vil sige, at den eksterne validitet er relativ højt jævnfør eksemplet fra… " Bla, Bla, bla. Hvad rager det mig, om en undersøgelse omkring danskernes holdning til et eller andet med Martin Rossens adfærd kan generaliseres til hele til hele den danske befolkning ud fra en repræsentativ stikprøve, som åbenbart er udtrukket tilfældigt? Ikke noget. Jeg tror ikke på tilfældighed. Bekymrer jeg mig om Martin Rossen? Næh. Bekymrer jeg mig om andres holdninger til ham? Nej. Bekymrer jeg mig overhovedet om ret meget andet end, hvornår denne torsdag er overstået, så det kan blive fredag? Nah. Og slutligt; bekymrer jeg mig om, hvorvidt jeg mon består eksamen til sommer? Tja… formegentlig.

Mens de kloge hoveder fra min klasse laver baggrundsstøj, kommer jeg til at tænke på, hvorfor jeg egentlig har købt en film om Franz Kafka, som jeg endnu ikke har set. Jeg forsøgte mig også at komme igennem *Processen* af flere omgange, og selvom den ikke er særlig lang, så går jeg i stå hver gang. Mens jeg funderer lidt over det, stadig med en utrolig skinger støj fra min Mac i baggrunden, vender jeg hovedet om mod bogreolen. Der står den, *Processen*. Den står mast mellem Tove Ditlevsens *Samlede noveller* og Kim Leines *Profeterne i Evighedsfjorden*. Det går op for mig at min passion for litteratur er falmet siden skolestart, og jeg ved, at det skyldes de mange sider med politisk teori og offentlige forvaltning, som jeg hver dag sidder og læser i. Det går op for mig, at jeg synes, det er decideret frækt at holde unge mennesker fra den litteratur, der rent faktisk betyder noget. Alle de klassikere, alt den litteraturhistorie, som vi faktisk burde lære om og ikke latterlige teorier om budgetter og samproduktion i den offentlige forvaltning. Alle ved jo alligevel, at jeg med en uddannelse indenfor Statskundskab ender med et på-ingen-måde-eftertragtet kommunejob, hvis ikke jeg snart springer ud over kanten og debuterer med min første roman.

Midt i mine, hvad jeg føler som Eisenstein-agtige, tanker, reagerer min krop med et sæt.

"Tak for i dag. Vi ses næste uge". Holdtimen er slut, og min frihed er endelig blevet en realitet. To timer med absolut ingen ny viden er overstået, tankerne om at jeg har spildt endnu to timer af mit liv overgår mig, og den dårlige samvittighed om ringe selvdisciplin rammer, lige indtil tanken om rosevin og gril i parken dominerer og som altid vinder.

Min taske er allerede pakket, og jeg tømmer bunden af vinglasset, så det står tomt. Efter at have klappet min computerskærm ned, bevæger jeg mig over til bogreolen, hvor jeg lader min hånd skubbe *Processen* ud bagfra. Jeg står med den i hånden, smiler lidt, som om jeg forventer et retur fra Kafka og lægger den så klar på hovedpuden, hvorefter jeg kaster tasken over skulderen og låser mig ud af lejligheden.

Luften er frisk og stadig lun. For enden af gården står hun og venter på mig med en taske under armen og et kæmpe smil i ansigtet. Hun vinker, og jeg vinker tilbage, mens jeg småløber mod hende.

"Ej jeg har glædet mig så meget", siger jeg til hende, mens hun får et velfortjent kram. Hun udstråler et stort ditto.

"Hvor tænker du, vi kan finde en engangsgril?" hun kigger spørgende på mig, lidt som om, jeg burde vide det.

"Lad os bare tage netto på vejen der ud. Mon ikke de har en". Jeg tager en cigaret i munden og tænder den med en pibelighter.

"Det er virkelig tiltrængt efter sidste weekend. Undskyld igen...", hun kigger tilgivende på mig og nikker.

Vi havde siddet hos hende en uge forinden, hvor en fremmed gut havde hentet mig klokken 2 om natten for at kører mig hjem til ham 15 kilometer syd for København. Jeg havde været fuld og dum, men jeg havde også fortrudt, da vi næsten var fremme, hvorfor han havde sat mig af på en motorvejsafkørsel. Jeg havde haft ringet grædende til Katrine for at bede om hendes hjælp. Meget ydmygt. Og utrolig flovt. Jeg havde sendt hende min live-lokation, hvorefter min telefon var gået ud, og det eneste jeg kunne gøre var at vente. Vente i håbet om, at hun ville dukke op og redde mig fra endnu en af mine fejltagelser. Endnu en af mine komplet idiotiske, uansvarlige og egoistiske anliggender. En time senere var en bil kommet kørende, og hun havde endnu engang reddet min røv.

"Det skal du ikke tænke på. Jeg blev bare bange."

Solen står stadig forholdsvist højt på himlen, og mågerne skræpper op henne ved operahuset. Jeg tænker på ejeren af den ubåd, der et par år forinden havde trukket en uskyldig journalist ned i dybet. Hun havde måttet sige farvel til livet, fordi da hun endelig var over vande igen, var det ikke i ét stykke. Jeg gyser og får et flashback fra sidste weekend.

"Når, må jeg så høre! Pølser eller steak?" Hun griner højlydt.

"Hvad tror du selv? Pølser. Altid pølser for Guds skyld".

"Okay så. Hvid eller rød vin?"

"Det afhænger jo af, hvad man er til på sådan en rolig torsdag som denne. Meeen det er jo trods alt lillefredag. Skulle man gå med den mørke?"

"Vi kunne også lade vær at diskriminere og vælge rose?" Vi griner begge højlydt ved tanken om sidste uges emne omkring diskrimination, og det er tydligt at se glæden i folks øjne, der går forbi os. Det er soleklart at fornemme den gensidighed, vi har, i alt vi gør.

Vi står foran Netto på Nørreport, hvor vi begge tager en dyb indånding, inden vi vader ind. En pandemi har ramt hele befolkningen, og nogle mennesker går med bind for munden. Vi må helst ikke stå for tæt på hinanden, men butikken er spækket op med mennesker. Katrine og jeg tager det alvorligt, men vi gider ikke tage det så alvorligt. Der er mærker på gulvet, så folk ved, hvor de må stå, og det hele føles utrolig anonymt. Som om en del af vores menneskelige behov bliver revet fra os. Folk smiler, men folk væmmes også. De tror vel, at vi alle bliver ramt af pest. Jeg har svært ved at skelne mellem, hvornår folk drager omsorg, og hvornår de er spækket op med væmmelse.

Foran os i køen står en mor med sit barn. Den lille dreng, som jeg vil tro er omkring fem år, peger på mig og råber; "du skal stå bag stregen". Moren kigger surt på mig, men vender sig så om igen. Jeg orienterer mig lige, og da jeg fornemmer, at ingen kigger på mig, rækker jeg tunge til drengen og giver ham fingeren. Katrine griner, og vi skynder os ud af butikken efter at have betalt.

"Hey piger! Kan jeg ikke lige få jeres hjælp?" En mand kigger spørgende, desperat på os. Hans tøj hænger i laser, og skægget har ikke set skyggen af en trimmer i mange dage. Jeg kunne umiddelbart heller ikke forestille mig, at han besad ejerskab over nogen former for duftevand. Mandens hænder er fyldt med tunge indkøbsposer, og nedenfor hans skosnuder ligger en mælk. Den ene kant har fået et slag, men der er ikke gået hul på den.

Jeg går hurtigt hen til ham og samler den billige skummetmælk op fra fortovet.

"Du kan bare ligge den her i posen. Tusind tak!" Vi smiler til ham og ønsker ham en skøn aften. Kvinden fra før træder ud af butikken, hvor hun tager sin søn hårdt i hånden og trækker ham væk fra os alle tre.

"Har du fået kolera?" nærmest råber jeg til Katrine.

"Nej for fanden da! Højest en smule klamydia", vi flækker alle tre af grin, og kvinden ser yderst forbavset ud.

Vi vender os om og går mod Kongens Have.

"Hold da op, der er mange mennesker!" Katrine kigger en smule overrasket på mig men ændrer så ansigtsudtrykket til noget der udstråler begejstring. Jeg forsøger at smile tilbage, men undrer mig over, hvorfor hun ikke reagerer mere voldsomt, end hun gør. Vi er trådt ind i et andet univers, hvor det kødlige tilsyneladende ikke betyder noget mere. Jeg kan egentlig godt lide tanken om det, så jeg står bare og kigger forstenet.

"Skal vi ikke sætte os derhen?" hun peger mod et stykke græsplæne, hvor en gruppe mennesker ligger i bunkevis. De vinker os hen, men det er ikke deres kroppe, der har kontakt til os. Kroppene ligger i en decideret klump midt på græsplænen. De ligger akavet uden nogen former for ansigtsudtrykke. Nogle af dem med åbne øjne, andre med lukkede. Sådan ser det ud i hele haven. Grupperinger af legemer, som man kunne forestille sig, at det så ud i koncentrationslejrene under Anden Verdenskrig. De ligger i klynger, som om de intet var værd. Nej, de mennesker, der står og vinker os hen er intet andet end små sjælelige tåger.

"Er du sikker på, vi skal gå derhen?" Jeg spørger undrende, men hun smiler og nikker.

"Jaja, kom nu. Der er ikke ret mange derovre". Jeg forstår intet, eftersom den plet på græsset hun lige har peget ud tydeligvis er optaget. På vejen derover passerer vi kroppe af forskellige støbninger. Katrine synes ikke at opfange noget, og jeg begynder at tro, at sneen fra sidste weekend rammer hårdt nu.

"Skal vi ikke bare sætte os her?" Hun er allerede begyndt at folde tæppet ud over græsplænen.

"Ømh.. Jo, lad os gøre det".

"Er du okay?" hun kigger nervøst på mig.

"Ja. Jeg har det fint".

Jeg sætter mig ned ved siden af en veltrænet mandekrop med små hår på brystet. Hans hår er mørkt og ansigtet en smule bleg. Han ser ikke uhyggelig ud, trods hans luftveje er tildækket af nyslået græs. Katrine sætter sig direkte ovenpå hans ansigt.

"Ej ikke der!" jeg rejser mig op og flyver hen mod hende.

"Haha, hvad fanden laver du?" Jeg rynker mine bryn og ser forundret ud.

"Gjorde det ikke ondt at sætte dig der? Jeg mener, det så bare ud til, at der lå nogle sten".

Hun løfter øjenbrynene og kigger på mig med et kæmpe smil, der er på vej til at knække ud i en latter.

"Du er simpelthen for sær nogle gange". Hun sætter sig igen, og får mandens næse direkte op i røven, men hun virker ikke til at registrere det.

Selve manden, hvis krop er blevet nedtrampet af min veninde, står bag hende, så jeg kan se ham. Han griner voldsomt højt og en smule flirtende. Det er tydligt at mærke, at han helt sikkert godt kan se det sjove i situationen. Jeg kigger forsigtigt rundt med et lille, skævt smil på læben, mens Katrine fylder plastikkrusene op med vin. Manden bag hende sætter sig på huk og griber om hendes ansigt. Ikke hårdt, men fast nok til at han kan ændre hendes ansigtsudtryk. Han tager nu fat i hendes hår, så det står direkte op i luften, og jeg gnider mig i øjnene et par gange. Jeg tror måske, jeg engang har haft ham med hjemme efter en bytur. Han trækker hagen ned mod halsen og kigger intenst på mig – som om han kan læse mine tanker og ved, jeg husker rigtigt. Han sender mig et luftkys, tager sine venner i hænderne og går. Da de er et godt stykke væk, vender han hovedet mod mig og blinker med det ene øje. Idet hans øje åbner igen drypper det af blod, og da han åbner munden i en skør grimasse, er hans tunge dækket af blade. Han slipper sin makkers højre hånd for at føre sin egen op til læberne, som nu danner en trutmund. Han tysser på mig, som når man ønsker, at nogen skal holde tæt på en hemmelighed.

"Okay, lad mig høre om Kristian, Melina! Har i snakket sammen siden sidst?" Jeg forsøger at vende min bevidsthed væk fra ligene omkring mig og besvarer hendes spørgsmål på bedste vis efter at have taget en kæmpe slurk af vinen.

"Han er sød. Jeg tænker kun på ham, og jeg har afvist virkelig mange fyre den sidste uges tid. Jeg har vitterligt kun lyst til ham." Hun kigger stolt på mig.

"Åh skat. Det er jeg så glad for at høre! Det er så godt, og jeg er så stolt af, at du sagde fra i sidste weekend!" Mine mundviger står helt op om ørene på mig.

"Han er virkelig dejlig! Hvad med dig?"

"Hm... jeg ved det ikke rigtig. Kan vi ikke bare aftale, at vi to finder sammen, hvis vi begge står alene, når vi er fyldt 30?" vi ser begge to alvorlige ud, hvorefter vi bryder ud i en latter. Vi giver hånd og efter at have tørt tårerene væk fra mine øjne, ser jeg ud over haven.

Jeg kan ikke længere se døde mennesker eller vandrende sjæle. Kun unge mennesker, som os selv, der sidder og nyder tilværelsen.

Mens jeg ligger her med hovedet smadret ned i computerskærmen og teen væltende ud over min arm, føler jeg en varme. Det er tydligt, at følelsen ikke blev ramt, og jeg har ikke et behov for at tvinge mit blik mod entreen. Jeg tror ikke på tilfældighed, og jeg har tiltro. Jeg ved godt, hvem der står bag mig, og følelsen forstærkes af den grund. Tilfældighed findes ikke, og dette skud var strategisk. Fodtrin bag mig. De

kommer tættere på. Jeg er taknemmelig. Taknemmelig over det, jeg om lidt kommer til at se. Taknemmelig over at ansigtet, der langsomt nærmer sig mit, og kroppen, der, i rolige tag bevæger sig mod gulvet på huk, er genkendeligt. Jeg flytter mine øjne en smule, så jeg kan se det ansigt, der ligger ved siden af mig og smiler kækt. Hun har blondt hår, brune øjne og et blik, jeg genkender fra alle de gange, jeg har set mig selv i spejlet. Hun kender mig bedre end andre, og dette var ikke tilfældigt.

Slut.

En kæmpestor tak

Til min mor, som har givet mig modet til at kaste mig ud i at skrive mit første færdige værk, og som desuden har stået klar til at læse mine tanker, følelser og oplevelser igennem hver gang, en ny novelle var færdig. Tak!

Til Lise Søelund, der med sine forfatterkundskaber har ledet mig vejen til et resultat, jeg er blevet utrolig stolt af. Tak for dine fortolkninger af mine noveller. Med hjælp fra dine evner, din tillid og positivitet, har jeg formået at gennemgå en proces, som har været både lærerig, berigende og direkte healende. TAK.

Til de mennesker, der har givet mig oplevelser at skrive om. Til de mennesker, der har glædet mig, såret mig, drevet mig i et sort hul og til de mennesker, der har hjulpet mig op at stå igen. Tak til de, der har givet mit liv indhold. Godt som ondt. Uden jer, var der ingen følelser at skrive ned. Tak for tårer og tak for smil.